詩集

SNSの詩の風41

井上優・佐相憲一 編

コールサック社

Ⅱ

Ⅴ

詩集　『ＳＮＳの詩の風41』

序文

詩集『SNSの詩の風41』刊行に際して

井上　優

「ネット詩人へのソネット」（一七八ページ参照）という詩を書いたのは、五年以上前になります。紙の詩の世界とネットに溢れる詩の世界の橋渡しをしたいという思いは十年以上前からありました。ネットで詩を書く人が一〇〇万人以上いるという日本の現実に、閉塞し、老齢化した詩壇と呼ばれる世界がついていけていないという不満が根底にあったように思います。それと同時に、ネット詩の修練の場が無いため、ネット詩もまた未成熟な果実のままに閉塞状況に陥っていました。十年前の話です。

その後、僕自身も主にネットで詩を発信し、ネット詩出身と誤認される程になりました。その過程で、急速なネット人口の増加とSNSの急速な普及があり、ネット詩の風通しが良くなったばかりか、ネット詩人たちの交流も急激に濃くなり切磋琢磨が始まり、詩の内容もクオリティーも格段に成長しました。閉塞し老齢化した詩壇の詩人の書く詩よりも、力ある詩たちが多数現れるという現象をもたらしたのです。

ここに至って、詩壇はもっと開かれるべきです。そうでないと、詩壇そのものが消滅する危機的状態です。『後生畏るべし』との言葉を噛みしめて。

新しい力は相互交流、そして同化へ向かうベクトルの中から産まれます。世界史を繙《ひもと》いても、文明は相互交流の中で発展してきました。例を挙げるまでもないでしょう。

この詩集を、詩の先輩であり畏友であり同志である佐相憲一さんと一緒に編纂《さん》出来たことに感謝しつつ、この詩集が、新しい詩壇への一助となることを祈ってやみません。

I

ユーカラ

澄み渡る　灼熱の夜を超えて

ガラスの心を持っている

ふとしたことで　欠けたり
砕けたりする心

「もっと図々しくおなりなさい」
と
何度言われたことか

粉々になって
痛みに耐えかねる夜は
消えてしまいたいと思うこともある

でも
知っていますか?

ガラスは溶かしてしまえば
生き返る
別の形になって

高温で熱せられるという
苦しい工程を経て

闇には白く浮かび上がり
朝焼けや夕焼けを飲み込んで
無限の表情を放つ不思議な命を含みながら

ガラスの心を持っている
繊細で強靭な

そう
いつか　あなたの見たような

触れた人差し

あの日わたしのしたことは
取り返しのつかないことだったのでしょうか?

沢山の管に繋がれながら
荒い息を繰り返すあなたの
眉間に深く刻まれた皺

わたしはわたしの人差指で
そっと何度も擦ったのです

お疲れ様
おじちゃん
もう、頑張らなくてもいいんだよ

涙を流しながら
思わず心で呟いた

一瞬　眉間の皺が退いた

徐々に萎えていく身体を抱えながら
何十年も苦しんできたあなた

わたしには　あぁ言うしか
持って行ってあげられるものがなかったのです

翌日
突然天に召されたあなたの訃報を
空港に向かう車の中で聞きつけて
駆けつけた病室には
穏やかな表情で眠るあなたがいました

わたしはその時思ったのです

死は時には祝福で
その生を充分に
懸命に駆け抜けるまで与えられないものなのではないかと

でも
いるのかもしれない神様

わたしがしたのは罪だったのでしょうか？

まるで死刑執行人のような後ろめたさを感じながら
わたしは機上の人になったけれど

おじちゃんの穏やかな顔がちらついて
わたしはわたしを責めることも出来ずにいたのです

あの時も

そして今でさえ

悲しい余韻

幕の下りたステージ

散った花火

岐路に着く旅

あんなに楽しくなかったら
こんなに寂しくならなかったのに

あなたとの出逢いも

後悔が混じる夕暮れ

泡沫

桜が泣いている
花びらを零しながら

もう
大人に戻ろう

夢は夢のままで

きっと
今ある今日を歩くのが
私に与えられた
大切な責務

たとえそれが
ありふれた光しか投げかけなくても

二度と来ない今日なのだから

それを忘れる
愚かさは
もうあの夢の中に
そっと置いてこよう

私を深く傷つけた
あの人の

仄かに甘く
あまりに痛い
受容と拒絶
言の葉と不通

桜が泣いている
さようならの花びらを零しながら

いるか

細い糸は

薄曇りの暮れ方
川向こうの土手の上
空から一本の細い糸に吊り下げられたピアノが
地上10センチだけ浮いて
いびつな傾き方をして
止まっている
逆光の夕日の中で
元の色よりも一段と黒く映るピアノ
土手をジョギングするランナーが振り返る様子が想像
されるが
川のこちら側からの視点からでは
目視できない
そもそも何かの影を見間違えたかもしれないが
ピアノに見えるので

ピアノにしか見えない
そうあって欲しいと願っている

望みを言うなら
ピアノを吊す細い糸がしなやかで頑丈であって欲しい
もっと欲を出すなら
四本の足でしっかりと立っていて欲しい
できるなら
川のこちら側にあって欲しい
さらに
新しくあって欲しい

ここが川原ではなく
白い壁の暖かい部屋で

長い髪の少女が
跳ねるようなリズムで鍵盤を叩いて
そして
私は椅子に腰かけ
ピアノの音色を聞いている
私は少女に恋をしている

鴉

もしも私が心震わせ大声で歓喜したなら
私は生きていると
後に振り返るかもしれない
その瞬間は満ち足りて
そんなことなど構ってはいられないだろう
ともに肩を組み大声で歌うだろう
その歌を文字に刻むなら
誰かの気持ちを動かすかもしれないが

もしも私が壁にぶつかり涙を流すなら
一人はそっと肩に手をやるかもしれない
また一人は表情を変えないかもしれない
その悲しみを文字に表したなら
誰かの気持ちを切なくさせるかもしれない
詩であろうとなかろうと

私達の喜び、悲しみ
書籍を紐解いてみても
それは私達の直の声ではない
あの青い空の下で
大勢の人々はしんとしていた
今 整理された情報を元に
言えることは何も持たないが
今 私達が上げる それぞれの声は
静かな悲しみの詩だ

そして文字にもならない私の叫び声は
詩を超えて
血となる
虚ろな空へ溶け込もうにも溶け込まない異物として
一羽の鴉になって
夕陽の向こうへ見えなくなる
またな、鴉よ！

刻印

あなたの横顔が物語る

無言のニュアンスは主観的に
（さも雄弁に）
いつも曲解されてしまう
私に
私の心に
振りまわす私色に染められてしまう
色盲の
赤茶けた街角に佇み続けるあなた
佇まされているあなた
待ち続けている
（それは目の内側の風景）

ほほえみ
声なき微笑
わずかに漏れる吐息にも千の解釈がある
（愛の解釈よりもずっと多く）
選別された答えを
任意に
あなたの心と仮定する
今夜ベッドは軋むだろう

あなたは刻印される
自ら望んで
汗が鈍く光る
似つかない真剣なまなざしで
ヤツはあなたを見つめる
あなたが見せたことのない表情
手の届かないニュアンス

朝から雨が降っている
それは私の涙
涙と名付けられた雨
濁色の傘が歩道にあふれている
あなたの傘
スーツを濡らす雨の心に
あなたは気づけない
一人称の街角
いびつに切り取られた街

私の街
あなたの街
ヤツの街

〈私たちの街〉

あなた
ヤツの女
〈私たちの〉
冷たいあなたの目

雨
私の涙
こっそりと名付けられた雨があがってしまった

キラリとひかる

キラリとひかる　魚鱗の
小川のせせらぎが
強く耳に突き刺さる
静寂の森に囲まれた
川原に甲高く響きわたる石を打つ音が
独りを際立たせる　せせらぎが

石は焼ける　日の高度に比例するかのように
跳ねる鮎がいつかの夏を思い出させる
おぼろげな夏の記憶を呼びさます
遠い　遠い夏の日の
小川の冷水が
太腿を突き刺すような叱咤を与えてくれる
銛で突かれた鮎が教える　鈍い痺れる痛みを
忘れられる　水の冷たさを
陽は高く　カンカーンとなる石のぶつかる音
陽は高く　高く
一枚の水彩画に
するなするな
景色は
まさに目の前にある
ところてんの距離が夏を
さも叙情的にする
炎天の夏の日を
鮎のように穿つ

游月　昭（ゆうげつ　あきら）

ネット詩人

紙に書くこともなく
有るか無いかの電子の上に
全体重をあずけた詩人

破れも燃えもしない紙の
一瞬で消えゆくまぼろしに
何を描こうとしているのか

傍らの紙の上で
　血のよう　に　滴　る　文　字
が薄ら笑い

燃えてみよ
と重力に歪み宙を舞う赤が
枠の底で弾ける

いつもの詩

煙草を二度たたいて
空っぽの吸い殻入れに
頭をおとす

詩を書こうとしているのだが
いつものように
いつもの時が灰になるだけ

あえて書く必要もないトンネルには
ぽつり、ぽつりと明かりがともる

何気なく見あげた天井から
沁み出た水が
鼻っつらめがけて落ちてくる

女子高生

自転車で向かい風をこしらえて、チェック柄のスカートをはらませる。まだ固い空に黒髪をほどいて踊らせて、耳にそよぐ何のへんてつもない日常に、夢の明日を歌うヘッドホンを添え、交差点からの景色を開きながら、時のトンネルをくぐり抜けていく。

通　過

夜霧の奥の小さなふたつの光が、タンポポのわた毛のように拡がり、少しずつ大きくなって、そばを通りすぎる時、急に、空気を擦る音をたてて消え、赤い光に変わって去って行く。

津軽じょんがら

雪

左の手をさしのべる
にわかに消えて、はいつくばる

うす明かりの空から
なにも言わずに身をなげる

降りる先はしらない
気まぐれな風に流されて

山をおおった仲間たちは
いつかひとつになって里にとどく

野を駆けるイヌが小屋にかえるところ
風は白さを増して小路に降りかかり
家の扉は頑なに閉ざされる
音を立てながら降りしきる雪を掻き分け
辿り着いたイヌは小屋の前で身震いをする

肩をすぼめた三味線弾きは
積もりゆく地を踏みしめ
戸口で棹《さお》の雪をはらう

撥《ばち》をとる右手の皺が深い
おもむろに振り上げたとき
辺りの風が止まり
降り下ろす緊張に風が堰をきる

両の手は三味線を包むようにはう
押し寄せる強風は体をよけ
確固とした後姿を横目に見ながら

白い山野を荒れ狂い
白い太陽を隠し
白い息を吐く

しばらくののち、
引戸がガタガタと開く
「ままろ、持ってがなが」*
三味線弾きは見えない目をひらき
ボロから手を伸ばして包をさぐる
深々と頭を下げたあと
湯気にけむる戸口をあとにする

風雪が辺りを押し流し
霞んでなにも見えなくなった

＊ご飯をほら持って行きなさい（津軽弁）

蟬

大きな家の回廊を
小さないとこ達が走り回っている
あの子達はちょっと前の僕ら

ちょっと後の僕らは
二階で何をしているのか知らない

だいぶ後の僕らは居間で高校野球
毎年高校野球
夏はいつも同じリズムに蟬の声が被さる

慌ただしいおばちゃんの声が
「スイカば食べんねえ、ほらあ、
早よ来んばなくなるよお」
せかす

ひとつ

僕はいかにも美味しいふりをする
「たくさん食べんばぞお」
おいちゃんもせかす

いとこが二階から降りて来て
大皿を出して人数分持って上がった

おばあちゃんが僕をしっかり見て
「美味しかでしょ」
端っこまで笑顔

おじいちゃんのあぐらにおさまると
オモチャのお札をくれた
「今度来た時に本物と替えるけん」

もっともっと後の僕らの写真が
天井近くでこっちを見ている

蟬がジッ、と飛んで、
また、次の蟬がなきだした

ルウ

海をゆく
白い牛の後ろ姿、それから娘、
まぼろし　かもしれない

剝がれおちる　ものの影、
かけらたち

hollow-hollow
と　むなしい音はひびくか
名前のないウロのそこ、空ほどの
巨大な魚の口腔へ
消えゆくために

解体はひそかにすすみ
ひとはつねに投げだされてある
頼りない手で刹那の綱にしがみつき
目を彷徨かせて、ようやくおののく
望むべき故郷がどこにあったか
記憶と喪失
うろぼろす　うろぼろす

電車

蜘蛛の巣に。一匹の
蛾。

見えない位置。
めぐらされた
構造。

旅

水の引かれた　田にうつる
夕日、赤い屋根の家

そうして夜には滴るようにひかる
鱗のような傷たちのひらかれた唇だ
語る言葉は聴きとれず　ただ
悲《ヒ》のように降りそそぐ歌だけがある

タシカニ、ダレカト
イタカモシレナイ
タシカニ、ナニカガアッタ
カモシレナイ（かもしれない
幽かにただようなごりの、atmosphere

けれども
置いてきたのか置いていかれたのか
とは　ぼやきなさんな
Von voyage
桃の香たつ虚ろ舟の川下り
流れてきたのだ　有漏路へ

手

記憶にあるのは一度だけ
八十を過ぎた背の高い男と　手を
つないで歩いた
それは誰かの葬儀の帰り道

次に見た日は　そのひとは
棺のなかにいた

おぼえているのは
のびた背丈と手のひらの大きさ
若いときはどんなふうで
子どもの頃はどうだったのか、
知らない　けれども

ひとつだけわかったのは
そのひとが、死んだこと
ではなく

生きて、死んだこと
だから
いつかその日がくるとしても
それまでは、
「生きる」を手放さないでいよう
記憶にあるのは一度だけ
そのとき手渡されたものを

現在地

うすもやの伽藍堂に
ビニール製の　目玉が
浮かぶ
（みんなれの果てさ）
　　　止まっ
　　　ている

　　　風景。

（うちあげられた舟、だね）

ときおり空野をわたる爆音がある——まのびした、響き。ここらでは蛙が、たびたび　鳴く。

＊

帽子のせいで言葉を失う
不意に映ったものあれは
、どんな鏡だったか　眩暈は
記憶ちがい
かもしれない。

　透明な線を描いた水の身体。走る草。蜻蛉のすべり。その写真は　燃える火の速度でかきわけながら、何度も靴を買いなおした。階段を駆けあがっていく後ろ姿。
　空は晴れ、犬小屋は（空っぽ）

＊

工事はえんえんとつづいている
住宅地では　屡々
底辺から　鶏の声が窓を
叩く
壊された壁、倒れた像。
昼夜をつないでトラックは走る
塵芥や瓦礫を運んでいる
目いっぱいに！

＊

場所から場所へ
時間から時間へ
移動する移住する
そこからまたどこかへ向かうため
〝GO〟
行けるかぎりの場所へ　その先に
どんな goal があるのか知らないが
業というなら
ゴオ、ゴオ、ゴオ　風は強く吹く

＊

砂のしたでほどかれ　発光する、そういう足あとだった、足あとだからふたたび
踏みだすことができるだろう、雨が
はじまるとしても　いま
ここから

油谷　京子（ゆたに　きょうこ）

水仙

二月に咲く水仙が好きなのか
水仙の咲く二月が好きなのか

水仙はまっすぐにいる

霜枯れの庭に花をつけてからすでに二週間
いまだまっすぐに立っている
葉に裏表がない

雪雲が青空を覆って
凍てつく寒さを引き換えに連れてきたとしても
底なしの青空の恐怖と憂鬱を遮ってくれる

人肌を保ったあたたかな涙が、静かに流れ出し
凍てた頬を緩めてくれたりもするから
悲しくてもわたしは立っていられる

だから二月は耐えられる

雪雲に覆われた空をまっすぐ見上げる水仙は
抜けるような青空の憂鬱を引き受けてくれた雪雲の
流す涙のあたたかさを知っているから
二月の庭でまっすぐにいる

二月にうつむくと
あたたかな涙が凍った土の上に落ちて三月を呼ぶ

五月の庭

あれほど退屈だった私の庭が
騒々しくしゃべりだす

地中深く眠りこけていたあいだにみた夢の話は
奇想天外
地中深く浸み込んできた雨水のぬくもりに
助けられた話はうつくしくて

ケヤキの枯葉はむかし話を何度も繰り返し
土に還っていった

二月　種苗工場の黒いポットから
移植された意気地のないパンジーは順調に回復し
この庭で生きるといった

五度目の冬を越したチョウジ草は
名誉の越冬に薄水色の十文字をもらった

野ネズミが語る
昔爺さんに聞いたパルチザンの地下組織の話に
みんな興奮し拍手喝采

そしてまた
地中から湧きあがるみどりのおしゃべりに熱狂する
すべてが　天を仰ぎ　たちあがり歓喜する

五月の私の庭のうえ
小さな風穴があき
うつくしい気流が生まれた

草を刈る日

発熱した九月の空気の中で
草刈り機が夏を刈る
秋への強制執行

くたびれた百日紅は
草むらの一部始終をながめながら
散り際について思考する

この夏もやがて忘れる

あの夏は忘れ去られた

摂氏三四度の九月の日

けたたましく刈り取られる夏の記憶
草刈り機の金属音にかき消される紡ぎかけの言の葉

海辺のまちのあの春に続く季節はＤＥＬＥＴＥ
繰り返される春夏秋冬の風景は削除

くたびれた百日紅
湿気をふくんだ九月の空気をあさく吸い込みながら
おもい違いの道を逆走する
終わりたくなかった季節へ
夏からあの春へ

くたびれた百日紅
草刈り機の金属音に耳を覆いながら
刈り取れない現実で
実りの季節への物語を紡ぐ

Morning paper

闇の中のひかり
束となり
ひかり　増す
あける夜

珈琲を一杯
お湯を沸かす間に
ぬくもりを取り戻そう
ガスストーブに火をつける

闇は昨日の夜の中にではなく
新聞配達のバイクと共に
朝のひかりの中へと居場所を変えて
濃度を増す
内包される闇
寒い朝

朝刊のニュースの白抜きの大見出しに真実なんてなくて
射抜かれた黒いインクの文字を
手探りで並べかえる

テレビニュースの中に真実なんて映らなくて
寝ぼけた頭で思考を試みる
お湯が沸くまで

ひろげた朝刊のニュースが
朝のひかりの中でまた闇を増殖させる

お湯が沸いたよ
朝刊は閉じて
カーテンを開けよう

洗濯

朝の光の中に
洗いたての真っ白なシーツ

降伏の白旗ではなく
井戸端で掲げた
女たちの意地
お天道様を
味方につけて
女たちが宣戦を布告する

おしゃべりと笑い声
けなげに勇ましく

薄汚れた日常を
流された涙のあとを
ごしごしと井戸端で洗いあげ

青空の下
女たちの意志がはためく
うつくしい朝

北原　亜稀人（きたはら　あきと）

明日の行方不明

発　端

姿を隠してしまった「明日」は
依然として見つからない
役割を終えた「昨日」が、人工呼吸器のような、等間隔の吐息を繰り返している
目立ちたがりな「来週」とか「近日」。それを諌める「いつか」と「そのうち」——お前らに何が分かる？——

そして、ただ狼狽え顔で俯いている「今日」

——「明日」は何処へ行った？

今日が終わり、始まる
夕暮れを過ぎて、夜が近づく
「今日」が終わる

「明日」の生存、帰還が望まれるが手がかりは少ない

事件性が疑われている
誰かが「明日」を隠したのだ。

目的は不明で、具体的な要求も届いていない。

懸命な捜索が続く。けれど、「明日」の足取りは依然としてつかめないままだ。

もう、猶予は殆ど残されていない中で、非常事態を乗り切るための簡単で、簡単で、簡単な策。

けれど、唯一の策

——また新たに「今日」を始めれば良い

何も、何一つ変わらない「今日」

終わり、始まり
終わる。始まる。

我々はそれを「日常」と呼ぼう
そして、繰り返しながら
かすかな望み
「明日」の奇蹟的な生還を待つ

薄暗い空——僕の視点①

今日は空が薄暗い
けれど、それに何らかの意味を持たせるほどに
僕は感傷的でもない
ところで、いつからだっただろう？
「明日」が行方不明だ。
きっと、そのせいなのだろう。
限界まで細分化された今日が、ただ、只管に、えんえんと並ぶ。並ぶ。並ぶ。
いつか、そのうち？
偽物の、明日の近縁であるふりをしているだけの希望的観測どもなんか袋に詰めて捨ててしまった方が良い
……困ったことだが、収集日は「明日」らしい
——今日は、空が薄暗い
それは時々、僕をひどく感傷的にさせる

解決らしきもの

意識不明の重体で発見された明日に言葉をかける人は少ない
誰に危害を加えられたわけでもなく
明日は自ら身を隠していたらしい
その事が明らかになるにつれ、人は明日を非難した
固く目を閉じ、眠る明日。心配そうに、見守る昨日。
また、一からやりなおせば良いじゃないか
明日はこうして見つかった

「明日」の帰還——僕の視点②

ペットボトルが歌を唄い

空き缶がつまらなそうに俺を見ている
焼いた干物から昨日の匂い
洗い損ねた洗濯物が諦めの顔つき
開かれることがなくなった手帳と
電池切れの携帯電話
罅の入ったガラス窓
しんの切れたシャープペンシルと
読まれることもなく積まれたままの本の死骸

こんな部屋にも、明日は来る
僕は今、この事実を確かに受け止めている

「明日」あるからこそ――理解・無理解・継続する
物語とその終わりについて

【1】

世界の半分は理解されるが
その半分は無理解のままに死に至る
世界の半分を支配することが出来れば
世界は支配者の物になる

世界は腐敗を続けていると主張する人がいる
それを傲慢な物言いと批判する人も

理解と無理解が対峙を続ける地平線を越えたところで
その向こう側には何も無い
世界の半分は否定されるが
もう半分が肯定されるとは限らない
世界の大半が無関心だが
関心を持つ人を正義だと誰が言えるだろう

世界は腐敗していると
時々、僕もそう思う

【2】

いびつな自由と不自由が常にその総量を守って争われる
自由は不自由を理解するが
不自由は自由に焦がれるばかりだ
その中で僕はおろかにも

己の位置を確認したがっている
暗い部屋の中に取り残された昨日の影は
時々異臭を放って主張する
「ここから、出よう」
理解と無理解の争いは終わらず
「今日」は「昨日」を不自由の象徴とあざ笑う
偏屈な知識人は理解の勝利を疑わない
頑迷な未開人は理解と無理解の本質的なその差異にも
興味すら示そうとしない

【3】

苛立ちと苦悩と吐き気と憎悪と頭痛と
「昨日」と「今日」と「明日」と
否定と強欲と煩悩と差別と戦争と無理解と怠惰と
あと、何があるだろう
七つの罪でも一〇八の煩悩でも何でもかまいはしない
が問題なのは居留守を続ける神とか呼ばれるその存在
実際のところ、どうしてほしいのやら

【4】

何も出来ない僕たちはいつでも何かをしようとしてい
て、何でも出来るどこかの誰かは結局のところ何もし
てやいない

理解と無理解の争いにもしも終わりがあるのなら
その時、その場所にはきっと誰も残っていやしない

熱は冷やされ、騒ぎは終わり
大陸はこぼれていく時を砂礫に変えて
あるべき姿を取り戻す

「明日」あるからこそ
いや
「明日」ある故に
「いつか」「そのうち」終わるのだろう
それは別に悪い事ではないが、ところで「明日」はど
うして、その姿を隠したのだろう?

川端　真千子（かわばた　まちこ）

方角の魔女

東の魔女は朝日を抱く
〝始まりはいつも輝いているものさ〟
東の魔女はパンとコーヒーの匂いがする
〝この世を照らす太陽さ〟

南の魔女は息吹を抱く
〝生まれる痛みは忘れるものさ〟
南の魔女は緑と子供の匂いがする
〝この世を渡る春風さ〟

北の魔女は孤独を抱く
〝悲しみに優しさを気付かされるものさ〟
北の魔女は夜と毛皮の匂いがする
〝この世を包む粉雪さ〟

西の魔女は眠りを抱く
〝待望の明日は自分で決めるものさ〟
西の魔女は暖炉と毛布の匂いがする
〝この世を揺らす揺籠さ〟

虎とラト

虎とラトは友達
ラトは街に住んでいる
虎は檻に住んでいる
ラトは言う虎に
〝お早う、虎のおじさん〟
虎は言うラトに
〝お早う、小さな坊ちゃん〟

ラトは毎日会いに来る

虎は毎日ラトを待つ
大人は嫌な顔をする
〝とっても恐ろしい虎だよ〟
ラトは言う首振り
〝優しい僕の友達なんだ〟

ラトは嬉しいと会いに来る
虎も嬉しくなって吼える
大人は虎見て眉をひそめる
ラトは寂しいと会いに来る
虎も寂しくなって泣く
大人はラト見て腕を組む

ある朝ラトはやって来た
どこか様子が違ってた
ラトは言う悲しげに
〝さよならおじさん、遠くに行くの〟
虎はすがるラトに
〝行かないで、坊ちゃん〟
虎は檻を引っ掻き吼える

大人は言う
〝何て野蛮な虎だろう〟
誰かが虎に石を投げた
鼻にぶつかり擦りむいた

虎は泣いた
毎日泣いた
ラトは帰って来なかった
虎は泣いた
毎晩泣いた
鼻の傷に涙が染みた
涙が枯れても
声が涸れても
ラトは戻って来なかった
泣いたら泣いただけ
虎は段々小さくなった
涙が溢れ流れただけ
虎はどんどん萎んでいった

ラトは遠くの街に来て

新しい街に住み
新しい友が出来た
けれども頭の端の方には
いつでも虎が離れなかった

ある日道歩くラトの前に
小さな猫が現れた
鼻の頭が擦りむけた
小さな小さな猫だった
ラトは抱きしめた猫を
〝とっても会いたかったんだよ、おじさん〟
猫は喉ならした目を細めて
〝また会えて嬉しいよ、小さな坊ちゃん〟

虎とラトは友達
ラト新たな家に住む
猫もラトの家に住む
虎とラトは友達
でも今は
猫とラトになった

眼窩の詩人

右の眼窩は空っぽで
左の眼窩に鳥を飼う
可愛い嘴の歌が
頭蓋骨じゅうに響く

右の眼窩に空があり
左の眼窩に生がある
両の眼はもうないけれど
映る景色に変わりない

帰郷

夕立の
来る予感をおぼえたら
明日にはここを旅立とか

明日にはここを旅立とか

淋しげな
黒影ぼうしに呼ばれたら
明日にもここを旅立とか
明日にもここを旅立とか

親鳥の
恋しい唄を聞いたなら
明日こそ故郷へ帰ろうか
明日こそ故郷へ帰ろうか

死に物狂いは、生きてる感じがする。

激しく地面を打つ雨の合間に
蟬が命を削って鳴いてる。
胸を打つものは
どこか死と生の匂いがする。
少しだけ怖いけれど、
直視せずにはいられない。

星狩り

今夜は星が賑やかなので
星を集めに行きましょう
外は少し冷え込んでいるので
厚手のコートを着ていきましょう
赤い自転車はキイキイいうので
明日にでも油をさしましょう
白い靄吐いて登る急な坂道では息も切れますが
空に梯子をかける頃には
小さな胸は充分に温かくなっていることでしょう

糸川　草一郎（いとかわ　そういちろう）

夕映え

丘のうえの空には
雲があった
見ているだけで
あふれるもの
涙ではない
もっと澄んだものが
あふれてとまらなかった

＊

ゆうぐれの
ちいさなお庭に
猫の子が遊んでいるよ
きれいな命だなあ

＊

もう誰も
憎くなんかない
みんな幸せで
花を見て
笑っていてくれれば
いいと思う

＊

いちりんの花が
ただ無造作に
風にゆれているのを見ていると
しあわせで
涙がながれます

＊

鳥はともだち
犬はなかま
猫はきょうだい
木立も鉢植えの花も
いのちはみんな
私のしんせきです

＊

ゆうばえの消えてゆくのを
そっと、見守っている
ほつほつと灯《ともしび》のうかぶ裏町が
ふる里のように思えます

＊

誰もいない路に木の葉をひろった
この世のどこかに泣いているひとのことを思った
ただそれだけで涙がながれた

＊

遠いいかずちの聞こえる部屋に
ソーダ水を置く
ソーダ水の泡が
いかずちを遠のけたり
近づけたりする

＊

綿のように散ってゆく
雲があった
雲を追いかけたけれど
追いつけなかった

＊

生きものであることが
苦しいので
もののけになってみたくなる
お化けになってみたくなる
ひどく叫びたい
ぐあう
ぐぁおう、ぎゃおう

＊

木立のかげに
穴ぼこがあって
気になるからずっと覗いていたら
龜《かめ》が這い出してきたので
びっくりした
黒光りした大きな龜だった

＊

飯を食った
食っているうちに
淋しくなってきた
天麩羅《てんぷら》を食ったり

刺身を食ったりしたけれど
何を食ったところで
淋しさは止めどもなくあふれた
よくある闇夜の
定食屋だった

＊

真夜《まよ》のしじまに
うつむいて
ジョン・レノンを聴いている
こうしていると
身のうちに甦ってくるものがある
いつのことだったか
死にかけたことがあった
生きる喜びに
充ちた日々があった

＊

怒《いか》る種もない
ゆうべ
じゃがいもを食う
ここまでよくも生きられた

ゆうべ、また
じゃがいもを食う

＊

ゆうぐれ
石ころを地べたへならべる
ごつごつのや
まあるいの
ゆうやけ雲がところどころ
蒼ざめて
かなしい風がただよっている
ゆうぐれ
石ころを地べたへならべては
私は小さくなってゆく

＊

風が冷たいから
心が寝ていた
心が起きるとつらいから
寝たふりをしていた

＊

遠くに

祭のお囃子《はやし》が聞こえる
遠いから
時々きこえなくなる

＊

ねこのような
それもこねこのような
こえをたてて
むすめが
いえへはいっていった
ゆうやけが
あんまりきれいだったので
はずかしかったと
いいながら
むすめよ
あなたはゆうやけに
こころをのぞかれていたな

＊

まどという
まどが
ゆうやけにかがやいている

ねこが
やまをみている

れいとうみかん

はつこい

あなたを初めて見た時
クールだけど優しそうな雰囲気に
人目惚れしました

＊

付き合えなくてもいい
ううん　こんなのウソ
でもねあなたとよく目が合うだけでも嬉しい
だってあなたも私を見てるって証拠でしょ

＊

あなたとLINEが毎日のように出来て幸せだけど
　時々胸が痛い
私の気持ちも知らずに好きな人の話をしてくるから

＊

私は先パイが大好き
あなたの何もかもが大好き
いつも頭からはなれない
先パイ
わたしがこんなにあなたをスキということ
気づいて

＊

テレやで消極的なあなた
決して男らしくはないけど
わたしはそんなあなたが大スキ

＊

私は君がスキ　君はあの子がスキ
あの子がかわいいから？
でも私だって
あの子にかてるところが一つだけあるんだよ
それは君を想う気持ち

＊

あなたの引き出しにチョコを入れておいたら
みんなにバレてしまったけど
それでもいいの
あなたに気持ちが伝えられるから

＊

ねぇ　そんなにこっち見ないでよ
うれしいけど　うれしくない
だって君が私のことスキって
かんちがいしちゃうんだもん

＊

あなたをスキになって約十一か月
あなたも私の気持ちに気づいてくれて
目が合うようになりましたね
目が合うだけでもう充分
ううん本当は違う
本当は付き合いたい
いつも二人で笑い合いたい
こんなぜいたくなことを考えてしまう
私がいる

植田　潤平（うえだ　じゅんぺい）

揺れる

僕らの取り決めごとが一つずつ暴かれていく
今日の終わりの うたた寝と　黒いじゃれつく子猫
ふらり足元の倦怠と〈Parrhesia〉（速度）〃あるいは
　深度、かすかに根付くもの〃
浅い眠りだったから　とひとりごちてみる　すると
　浅い眠りの余韻にひたるまでもなく
黒い公園　迷うブランコの くるりくるりと鎖が軋む
　音と

とめどなく溢れでてくる情動も 抑えようのない無機
　質の　まだ見ぬ夢と夢に出てくるはずの人たちも
ひとまとめにして大きな風にのみこまれ　綺麗に消え
　てなくなって
いつまでもいつまでも遠くを見つめている　誰なのか
　誰なのか
〈Pharos〉（光）〃光度は時として過ちをおかす〃探り
　当てようとすると
カフカ深く迷うことになるよと 唄うように問う素数
　への執着から　あやうく抜け出せそうになるところ
　だった
ともあれ　いつまでもいつまでも　〈Bless〉（過去）
　〃あるいは――と考察することができるもの〃
中空にひらりひらりと舞い　迷い　香るつめくさは

風にゆらりゆらりと　揺れ動いている

流れる午後

光角のたわむれ、白昼夢の後日の聖別
ひどく気怠い午後のひととき 友人からもらった葡萄酒をいただくと　強く匂う果実の香り
ひととき忘れそうになっている　調度への欲求（強い香りから）
嗅覚は視覚を狂わせるから（空気に触れ変色するように）味覚に意識を集中させようとする
そして黒い球体からもぎとった果実をかじりぺっと吐き出すと

ひどく痛まれる過去の事象を思い出しなんの考慮もせずに　また走りだす
走りださずにはいられない　誰だってそんな時があるでしょう？
また走りだすとき鈍色の月食がこんにちは　僕はいつだろうかした怪訝な顔をする
ジャン＝クロード・ジャネ木曜日。アスファルトに流れ込むタール
それらはみな同じ方角へ　ゆっくりと流れていく　流されていく
流されていく木曜日　最終的に散文詩になりさがってしまう倦怠が身を包む
「君はよく思弁し、よく思考した。」

もう帰ってもいいようという一言を日陰の芝生の上で待ちわびている
思いついたように筆箱のチャックをしまうと　ふわりふわりと間延びした眠気がやってくる

淡い光

四角く区切られた遮光線はみつめているうちにきっと淡く消えはてていく
すべての淡いもの　ものの残影は思考の隅におしやって
影響の裡に残り香をほんのりとおいて逃げてゆく　残像は残った。そう考えてもいい
たおやかな図式は様々な形態の残像を残しいつのまにやら消えていくのかしら

そんな他愛もないことをつらつらと考えているうちに未来へ続く時間は過ぎていく
いつのまにやら執着と固執の混同がおき、めくるめく官能の時。
あのＴＶが垂れ流した官能の切れ端にも届かないと思い至ったとき
ぼくときみとの時間的な誤差はそんな突拍子もないほど差異はないと主い至った
君の夢を見よ。ぼくの心は閉じよ。　そんなふうに考えていたら行動と睡眠の反射が同時並行に訪れる
ぼくはいい、しかし君の主題を考えるときに考えても考えても切り離せないものもある
いつかみたゆめを忘れないように心にとどめておくこと

そういつつもほら、また忘れようとつとめているでしょう。

そういうこと。四角に切りとられた思考は独特な感性を身にまとい、僕たちにコミットしてくる。

動物的な反射はいともたやすく君は忘れることができるというけれども。

中心

やむをえない　中心への欲求 限られた。閉塞した空間から解放されるべくなされる 反復運動。

持続性、耐久性、遮光性。思考性、惰性、柔軟性。

それらへの希求があるかぎり、
中心への欲求は理解せざるをえない　多くの詩人がそうあるように思考への偏愛。

偏りすぎた知へのアプローチがうみだす　いびつな夢想、増長する開放空間。

とまらない。　流れ出ている。

たとえば明日出す手紙の記憶が偏在すること。あるいは近しい人を喪失した虚無感からくるもの・（距離感?）

あるいはまったく違った方向へ——バターが溶けるような多幸感。結局のところはそう仕組まれていたのだと理解するいびつな思考パタン
（そればかりは肯定的でも否定的でもないのだが）

とまれ。きわめて希な自傷行為の意味を私は理解していない。書くという行為がそれだとしたら
ならば吠えるしかないのかもしれない。中心へとむかって。

阿部　一治（あべ　かずはる）

イヴ（あの透明なエーテルの中でもがく）

夕焼けに涙し
ぼくと言う不自由さは
死む
死ぬのではなくて
死むのです
遥か
空へ
スーパーマンのように
弱くてもいい
壊れてもいい
眩しくて
儚くて

苦しくて
息がつまりそうな
人の群れから
逃れたいのです
だから
ぼくは
スーパーマン
強いから
死むのです
泣き虫だから
弱虫だから
夕焼けに紛れ
飛ぶつもりで
堕ちるのです
引力に
引き寄せられながら
自分を
解放してしまいたくて
泣きながら
誰も恨まず

さよなら
じぶん
死
む
矛盾に
跳ねのけられながら
永遠へ

イヴ（つなみの話）

修復できるなら　テーブルは　そのままで
修復できないから　ありのまま　混乱したままで
壊れ続けている
だから　振り返るにも　振り返らず　前を向いて
一人遊び
茶碗の中の　つなみを　今日も食べているのさ
何なら　毎日でも食べ続けるだけ
１００年先　１０００年先

ぼくが　在り続けるまで
何を嘆き悲しか　分からなくなるまで

ゐきていることを　悲しまないように
ぽっかり穴のあいた　ポケットから
そっと　つなみをだして　匂いを嗅ぎながら
泣くだけが　ぼくの時間
母の背中に　おぶわれた
甘ったれた気分
母の背中から
また　つなみがやって来て
消しゴムで消せそうにもないから
目を瞑って知らんふり
きっと　妄想に違いないから
つなみは　ぼくの記憶を食いつくすまで
今日も浜辺で遊んでいます
時々　ポケットから　出しながら

イヴ（誤謬）

死を切り刻むと　血は出ないよ
本当だ
出るのは
きみの憂鬱だから
血などでない
慣性で空に浮かんでいるのと同じ
いつかは
ゐきていることさえ信じられずに
虚しいだけ
だから
ＴＶ画面から離れろよ

部屋のドアを開け　外に出て　何もなくなって
世界は行方不明
きみが何も信じようとしないから
必要もない　世界など　無くなるさ

たぶん
言葉さえなくなって
自分の事さえ思い出せない
ないものと同じ

色づく　春
ベンチで座っている　きみ
目で見える　春など信じるな
きみは　試されている
だから
携帯の画面から
視線を外し
何処かに正解のマークがあるか探してごらん
コピーかもしれないが
本物かもしれないから
汗をかくつもりで
探そうよ
確かめられるまで

イヴ（逃走）

知らない場所で
目隠し
迷いながら
街角で
見失う
昨日の痛み
出来たばかりの
腕の傷
出たり
入ったり
背伸びしながら
知らんふり
行けるのか
行けないのか
もう
戻れないから

吐き出す煙
昨日
割った窓が
今日
消えたから
明日
明日なんて
無いから
見つけた場所に
戻り
元に
戻そうか
何時か
辿り着けそうで
戻れない
白紙に戻される
不明な
行方不明

吾事（あず）

Fragment

詩はテレビ。
コマの間を想像させる擬似的な全て。

詩は表現。
私の言葉にできない言葉。

詩は絵画。
事実だけではない写し鏡。

詩は旋律。
私の脳が奏でる命の歌。

詩は反省。
自分を見直す機会。

詩は理性。
私の積み上げた物。

詩は夢。
何を描くも自由。

詩は魂。
私の心の成形。

詩は…。

――そう、この頁は私という物語の一片。

心残り

普段と同じように目が覚める。
私は見慣れた道を歩いていた。

そして何時もの様に車のドアに手を伸ばした。
摑めない――――

どうやら、私は彼方に行けなかったらしい。
しかし、直感的に分かる。
死んだ理由が存在として失われたことを。
此方は彼方のものが留まることを許しはしない。

徐々に消えゆく体。
最後までこの瞳が消えないように祈る。
私の半ばページが埋まった本に響いた旋律。
末期の水代わりにあの言葉を読みたくて。

もう首から下は消えてしまった。
口が消えるその瞬間。
最後まで口を残して欲しい。
そう願ってしまった。

あの人はもう記憶にすら残っていないかもしれない
出来事。
伝えたかった言葉はもう伝わらない。

それでも伝えたかった。
そこで初めて心をそこに預けていたことに気が付いた。

死の道を迷わず歩くために
そう考えていた。

心を彼方此方に残さないように
そう気を付けていた。

本当に大切なものは忘れたくない。
そう優先順位をつけていた。

後ろを何度も振り返って
そう見直していた。

人は感情と向き合わずにはいられない。
理性で
考えても、
気を付けても、

優先順位をつけても、
見直しても…

歩いてきた道を最後に残った瞳で振り返ると
心は喜びや悲しみと一緒に置いてしまっていて
拾いきれない――

絆

心と心の握手。
でも、皆の手には棘がある。
寂しい。寂しい。
そう嘆いて、手を繋ぐ。
余りに寂しすぎて、力いっぱい。
すると御互いの棘が刺さるんだ。
痛い。痛い。
寂しくはなくなったけど、どうにも痛い。
だから手を離すんだ。
夜風が傷跡に染みる。

しかも寂しい。
助けて、助けて。
そう求めて摑んだ手は、また同じ手だった。

盲目の人

その人は辛かった。
その人は痛かった。
でも、どうすれば良いのか分からなかった。
分からなかったから、考えた。

考えても答えは出なかった。
暖かな光にも目もくれず。
差し出された手も突き放し。
痛みも辛さも抱え込んだ。

他の人に届かぬように。
人が幸せであるように。
人の幸せもまた痛かった。

でも、悪いことはしていない。
敵とは思いたくなかった。
だから、自分の目を潰した。
考える力に集中するために。
今すぐ、それが必要だった。

人の幸せは見えない。
悲しみも、苦しみも見えない。
自分の幸せは見えない。
悲しみも、苦しみも見えない。

世界が広がった。
頭の中で広がる世界。
そこに本を敷き詰めた。
ずっと勉強していた。

自分のこと、人のこと。
精神のこと、物質のこと。
原因も理由も、行動も結果も。
思いつく限りの全てを。

出会った人は見えない。
だから、頭で作った。
けれど、相手自身ではない。
その人も私自身ではない。

でも、こっそり見ていた。
見えないはずの目で見ていた。
目を潰したから見えない。
そう言い聞かせた。

そんな勇気は無かった。
目を潰すことも。
人を嫌いになることも。
ただ、諦め切れなかった。

そして今も見えない。
矛盾と知っていながらも。
見えないと言い聞かせる。
私は盲目に対して盲目。

II

中道　侶陽（なかみち　ろう）

レクイエム

桜乱の過ぎ行く時を　頭《こうべ》を垂らし見送る沈丁花
緩やかに風がそよぎ　散り際の調べを奏でていよう
捧げる言葉はひとつ
息をのんで
眠りなさい

何ひとつ

じわり、落ちる、黒煙の滴。
見咎められるためだけに生まれたのではあるまいに。
落ちてゆくお前の姿を、私は
掬わずにはいられなかった。
何ひとつ、見捨てることなど出来ないのだ。
お前の嘆きを知っている。
お前の優しさを知っている。
ともに沈む、そのやわらかさの中で、私はしかし、
おおすまない、私は、
手を伸ばさずにはいられなかった。
お前は、お前の呼び止める声は、
それでもやはりやさしく揺らいでいた。
捨て置くものか。私の命よ。
私はまたお前と落ちる。
今はただ、安らかにだけあれ。

編みついで

零れ落ちていく砂粒にそっと触れてみた。
さらさらと、なにに逆らうでもなく、
砂は輝いていた。

「この砂は私が掬ったの。みて。ワタシの
掌《て》の中でまだ、こんなにキレイに光ってる」
斑《まだら》の紋様を汲み取っておくれ。
ありったけを持っていっておくれ。
捨て投げてもらえればありがたい。
ああ出来ればとおくに、
とおくに、
どこにでもある浜にでも。

柔らかな鎖

私が私でなくなろうとするとき、
お前という無言の綿毛《めんもう》が、
ただこの黒光《こっこう》の草原に舞い出づる。
お前に私の永遠をゆずろうと思う。
その小さく柔らかな繊毛に、
私という養分を注ごうと思う。

—どうか。
どうかお前は芽吹いて欲しい。
私を呼んでくれたお前の熱は温かかった。
風鳴る日。
私はお前を思い出す。

揺り籠

しんしんとの雨つづき。
窓際には少年。
中には老婆。

少年見ゆるは、
産まれた赤子。
雨ざらしの揺り籠。

少年見ゆるは、
鬼の子、邪の子。
雨ざらしの揺り籠。
押す者はいない。

鬼の子見ゆるは、
方円の雨、尖形の闇。
雨ざらしの揺り籠。
押す者はいない。

舞台

霧がかり
迷い出る心の赴くまま
童《わっぱ》は幻と戯れる
次第に興じる趣旨が速度を上げて
童はほとんど舞っていた
濃ゆる辺りに畏れは無く
寧ろそれが心地よく
激しく　強く　荒々しく
辛抱強く舞っていた
身体は蒸気にすら舞いそうで
しかしたしかに個を迸ってみせていた
霧消の合図が朝を呼び　終わりの鐘が響いても
童は舞をやめなかった
疲労困憊　足が割れ
やがて罵声が鳴り勇んでも　童は舞い続けた
照れくさそうに赤らみながら

夕陽

照れ。
勇ましく。
なにが起ころうと。

あれ。
等しく。
なにを失くそうと。

猛るおれんじを霞に誇れ。

足

打ちつける雨になす術無く住居を追われ、
縋れるはずの石像もが粉々に割られていく。
曽ての黄金は悉く剝ぎ取られ、餓えた
小邪鬼《こじゃき》のように振る舞う性にも限りを下す。

今まさに、失意の森を彷徨う者よ。

仮住まいの部屋で私も夢を見た。
眠る度に夢を見たのだ。

そうして、私の姿は醜悪な獣に変わっていったが、
それがなんであろうか！
一切の断り無く、無惨に切り刻まれた刻印から
伸びた蔓が、今を象っているというのに。

なれどもその実、束の間の閃光の如く弱々しく、
一寸先をも照らすに足りない。
色彩を凌駕した節穴に見える暗雲は
測ること叶わず、僅かに嗅がれる
草の匂いを頼りとする他ない。

木を見る者よ。
木になる者よ。
なればこそ生きろ。
己《おの》が怒濤を根に降ろせ。

平井　達也（ひらい　たつや）

見えない

メガネ貸して　と
まゆちゃんが言うので　メガネを
外してわたすと　まゆちゃんは
その黒縁メガネをかけて

うわぁ　見えない

まゆちゃんは
少しだけ近視で
ぼくはひどい近視で

顔を並べて鏡に向かう

メガネを外したぼくも
メガネをかけたまゆちゃんも

うわぁ　見えない

見えないけれど
二人で笑っている

夜に引っかかる

まゆちゃんの伸ばした爪が割れてしまった
磨いてきれいに塗ったのに割れてしまった
泣くかな　と思ったら　笑っていた
きっと爪ばかりではなかったのだろう
まゆちゃんはいろいろなものを
ていねいに磨いて　好きな色に塗って
でもいつもすぐにそれは
割れてしまうのだ

そんなことばかりなのだ
だから笑うしかないんだな

ぼくは割れた爪の先に触れた
断面のごつごつとした感触
これから店を出て
ぼくたちは別々に街をゆくのだが
ぼくたちを包む夜も
きっとごつごつとしている
夜が出っ張ったところに
まゆちゃんやぼくは引っかかってしまう
まゆちゃんは泣かないんだろうな

ぼくは陶芸教室に通い始めていて
少しずつ
ちゃんとしたものが出来るようになった
はやく上手になって
マグカップを作って
まゆちゃんにプレゼントしたいんだ

割らないでね　まゆちゃん

吸い殻

まゆちゃんは中学から吸っていたタバコを
一日十五本まで減らした

変な細胞が見つかってねえ
手術しなきゃならないかも　なの

タバコの煙が立ち込める店での
仕事しかしたことのない
まゆちゃんに
だんなさんができて
子どもができて　と
そんな話をぼくとしていたのだけれど
子宮とっちゃったら産めないのかなあ

お母さんのお腹借りて作れるのかなあ

タバコの火をもみ消すみたいに
ぼくたちは他愛のない会話を途切れさせて
タバコの空き箱をひねり潰すみたいに
ぼくはまゆちゃんを残して店を出る

深夜の街角には誰かのやけくそが
吸い殻の形に折れて落っこちている

ネイル

これ自分でやったんだよ　と
まゆちゃんは両手を揃えて
爪を見せてくれる　けれど
彩りはさっき交わしたばかりの約束と同じで
剝がれかかっている

三週間経っちゃったからね
まゆちゃんは爪を隠す
三週間星を見なければ
祈ることとさえ忘れられて楽になる
ましてたかがネイル　でも
まゆちゃんはていねいに一生懸命塗ったのだ

夜の仕事を辞めて
ネイルの学校に入って一年で
試験全部一発で合格だよ
それクラスであたし一人なんだよ
西松屋のバイト始めてから九時に寝てるよ
まゆちゃんが眠りに落ちるころ
騒がしい街で封を切られる
幾百本のボトルに煌めく裏切り

もう裏切られるのは嫌だね
もう剝がれてしまうのは嫌だね
一生懸命きれいに塗ろうとしているのにね
だから早く立川にお店持ちたいなあ

中央線下り快速に
素敵な思い出を重ねられる者がどれだけいるか

今日はささやかなお祝いで
大好きな馬刺したくさん食べていいのに
まゆちゃんあまり箸が進まないね

化学式

高校生のとき
化学が得意だったまゆちゃん
勉強なんてしたことなかったけれど
試験はいつもほぼ満点だった
元素記号も結合条件も
生まれつき身につけてきたのかね

酸化　二酸化　塩化
還元　イオン交換

でも卒業して
引っ越し屋と水商売のバイトを始めて
世の中は化学式よりもっと込み入っていたね
家財道具を運ぶ車に酔って
酔客のあしらいを覚えて
いつの間にか
元素記号も結合条件も
さっぱり忘れてしまったね

大丈夫だよ
きっとそのうち
Zn　Fe　Cl
思い出して夢中になれる時もあるよ
解こうとすればするほど
何もかもこんがらがっていくとき
ちょっと難しい化学式を眺めてごらん
みんなが気付かない化学式の誤りを
言い当てることができる
まゆちゃんは正しいんだよ

大村　浩一（おおむら　こういち）

興津の庭

興津駅の手前　山側
人家が不意に途切れて現れる
庭のように小さな畑
柿や夏蜜柑の樹
小さなブランコ
うつくしい朝
空は西から吹き払われ

（ここへ戻されるとは思ってなかった）

海沿いを東へと走る
穏やかに見えても
津波や高潮のたびに通行止め
住むには相応の覚悟が要る土地
そこで囲まれて護られ
わたしへと投げかけられた景色

（2011/10/3 ～ 2013/8/7）

Age 5

湯屋のむこう
明るい声がする
いま生きている
ここまで育ってきた瞳
ここまでに捨ててきた身体
裸で
尊いものが立っている
目を閉じて
その行く末を思う
空が青い

（2014/7/7）

FLOWS

淀んだ
空気の底でも
走れば
風がおこる

飽き飽きした景色
忍従するより先に
自ら慣れてしまった日々
それでも自分で走れば
腕のまわりで
耳元で
風は流れる

これを償いにしたい
何を償うのか
何故償うのか
償えるかどうかも
分からないが
手を動かしてみる
苦しめないことに
苦しむふりをやめ
悲惨を捜しに外へ

（2014/7/6）

ジンジャー・フレーバー

しょうがドリンクを一杯どうぞ
風邪をひいたら喉に良い
ふっきれない言葉が喉にからむ時
しょうがドリンクを一杯どうぞ
うそつきゲームの始まりです
この世は生者のものならず
きのうまでの君にさよなら

今日出会うのは今日の君
君もわたしがしたように
大人になりたがるでしょう
命を粗末にするでしょう
わたしが始めたことだから
せんかたないことつきあうよ
わたしもうそつきを再開しよう
死ぬまでつけばほんとうになる
わたしが望んでいたことに
わたしが望んでいなかったことに

(2014/7/18)

降　霊

誰かが夜中にノックした
コツンと一度きりノックした
ドアの裏からそっと覗くと
蛍光灯の通路が白く乾いている
わたしたちの秘めごとの嫌がらせに
甲虫が当たっただけかもしれない

ベトナムの木の暖簾がゆれる
かすかなさざ波が
日の沈んだほうへ流れていく
開け放てよ、そらの息道
貼りつけたメモも剥がされそう
耳障りな四発機も通る　夏

誰かが夜中にキスをした
夕立の後の床を素足で渡り
暖かい身体が寄りそうと
柔らかな唇がかすかに触れた
ベトナムの木の暖簾がゆれている
さざ波が日の沈んだほうへ

招き寄せたのはいったい誰か
目の中にみどりいろの Code の雨

失明の気配におののいて寝返り
浅川の子供の神様
壊れた椅子、渇きの海
アルカディアは遥か　夏

ドアはひとりでに開いては閉じ
その度に透明なミイラが一人二人
わたしが呼び寄せたものが戸外に
なかにひときわ愛したひとり
わたしが呼び寄せたものが戸内に
なかにひときわ憎んだひとり

生きていたっていいじゃないか
ひとりでに鳴りだす音叉
また間違えてしまった名前、
白河、本所、西浅草、小網町、
怯えて走りだす裸足のひとたち
鳴らしていたのはわたしだったのかもしれないな
君も年老いてしまうのかな　分からない

君が英文で綴ってみせる、
思い出をディスクに焼こう＊
思い出のディスクを焼こう
服はみんな売り払ってしまったよ
耳障りな四発機がイニシャル・ポイントに到達
目標はT字形の橋
きっと誰も悪くはないのだろう
わたしが呼び寄せたものが戸外に
さざ波のようにベトナムの竹が揺れ、木が揺れ
仮面を封じ込めた額縁に
甲虫が当たっただけかもしれない
あるいは卒業出来ない夢
激しく崩れ落ちる塔
貼りつけた日付も剥がされそう
夕立の後つめたい床を素足で渡り
誰かが夜中にキスをした
誰かが夜中にキスをした

（2005/08/24 ~ 09/02）

＊註　映画『トニー滝谷』より

若宮　明彦（わかみや　あきひこ）

羽　根

とてつもなく遠い時代の
まったく見知らぬ場所に
背中に生えてきた羽根を
忘れてきてしまったらしい

遠い遥かな夢の中では
青い空を自由に飛び
過去を振り返ることはなく
未来ばかりを見つめていた

目の前の真っ平らな石に
くっきりついた羽根の化石
小さな肩甲骨そのままに
博物館のバックヤードで
失われた自分の羽根を見ていたら
泣き虫の少年に声をかけたくなった

通り雨

どうしようなく
通り雨にあこがれた
舗道でずぶ濡れていたかった

靴音だけに注意した
場末からやってくる音色に
ひと時だまされてみたかった

泪は流さなかった
血も流さなかった
流されたのは若き勇気だけ

四十男が立ち尽くす
閉店したままの扉に
独り芝居に興じようか

あなたの小指はどこですか
あなたの瞳は何色で
何処の誰をお探しですか

割れたグラスと
錆びついた匙
四半世紀止まった時計

つかの間の通り雨
すでに日々が移ろって
白髪ばかりが増えました

通り雨に洗われるのは
時間ばかりではない
若き日の思いも

死んだ瑪瑙のように
濡れた舗道に消えて行く

Brave　―勇気の羽根―

こころに風が吹いたら
夢のカケラのカケラを
ワンクリックしてみよう
過去の時間は化石のカケラ

君はいつから忘れたのだ
まぶしすぎる横顔と
凛としたまなざしと
魂に付けた勇気の羽根を

機が熟したら　飛べ！
機を熟すために　跳べ！
振り向くな　なおも振り向くな

錆び付いた背に明日はない
胸の高なる水晶の時間と
あのひとの熱い瞳を思い出せ
ほんのわずか勇気の羽根を動かせば
未来はそちらからやって来る

こころの中が凪ならば
一度くらいは疾風怒濤を起こせ
こころの中が凪ならば
一度くらいは暴風波浪を起こせ

止まない雨がないように
風はいつか必ず吹く
その時　その場　その一瞬のために
常に眼光を光らせておけ

勇気の羽根を振るわせて
自らのリングに駆けてゆけ
明日に踏み出す勇気があれば

光は君の拳に射してくる
今日　勇気の羽が
君のこころに舞い降りる

7TEEN

一九七七年（セブンティセブン）
僕はグラウンドに立ちつくしていた
体育祭のPKをはずして
クラスの嘲笑の渦の中にいた

一九七七年
TVやラジオが大騒ぎをしていた
キング・オブ・ロックンロール、プレスリーが死んだ
と
「ラブ・ミー・テンダー」がTVから流れていた

十七歳（セブンティーン）

僕は詩にまったく興味がなかった
科学部の日当り悪い部室で
試薬の炎色反応に夢中だった

十七歳
ちまたのアイドルには多少浮かれていた
「明星」のアイドルポスターは壁に貼ったが
プレスリーのポスターを貼ることはなかった

一九七七年（セブンティセブン）
科学部の標本室で鉱物を眺めていた
女の子より結晶が好きな馬鹿だった
〈頭でっかちだと、身を滅ぼす〉

一九七七年
イーグルスの「ホテルカリフォルニア」は少しわかっ
たが
プレスリーの「ハートブレイクホテル」はよくわから
なかった
〈僕の歌は誰にも似ていません〉

二〇〇七年（ゼロセブン）
ここしばらく高校生の娘に煙たがられている
三十年前、同級生の女の子に煙たがられたように
〈愚者は経験に学び、賢者は歴史に学ぶ〉

二〇〇七年
エルヴィス・プレスリーの「リリース・ミー」を聴い
ている
そしてこの歳になって初めてわかったことがある
あの日僕は「リリース・ミー」のように振られたのだ

＊〈　〉は、エルヴィス・プレスリーの名言

木島　章（きじま　あきら）

らせん階段

らせん階段を大きく一回り
もうちょっとで
階上に足をかけようとしたとき
真っ逆さまに
落ちた
踏み段にぽっかり
大きな穴があいていたのだ
したたか顔面を打ったので
鼻血がとまらない

気を取り直してまた昇る
こんどは注意深く穴をよけ
これでようやく
太陽の光を浴びることができる

でも踏み段はまだつづいている
大きく一回り
また注意深く穴をよけ
鼻血はとまらない
足元もおぼつかなくなってきたけれど
大きく一回りしてまた
穴をよけ

何周すればいいのだろう
次に落ちるときは
きっと
鼻血では済まないだろう

闇に向かって増殖しつづける
らせん階段
もう二度と日の光が差すことはない

忘却をめぐるいくつかの断章

一

夜、眠りに就く前
今日いちにちの忌むべき出来事を
忘れようと試みたか
既に忘れたことさえもういちど思い出し
きれいさっぱり忘れ去る努力を
怠りはしなかったか
たとえ日々が徒労のうちに暮れていっても
その事実をいたずらに嫌悪するな
一切合切を受け入れるだけの毎日を
否定してもいけない
徒労はおおむね忘却に報われる
と、思い始めたときから
眠りに落ちるのだ
人は

二

船が戻る場所だから港と呼びます
出船を見送るだけなら
そこはただ悲しみが打ち寄せる入り江です
幾千幾万の船が行き来し
幾千幾万の荷が積み下ろしされ
人々で賑わうようになっても
あなたたちの乗った船が帰還しなければ
そこは港とは呼びません

忘却にかすむ水平線
いまだ待ちつづけることで
忘却の向こうに祈りがたゆたう
その祈りが深くなることでしか
もはや港は開かれない。

三

窓は悲しんでいる
いつも
あの美しい空とあなたの間に
割り込むように佇んでいるから
そして
その空から流れてくる風を

あなたが感じているとき
開け放たれた窓は
忘れ去られているから

でも
ほんとうの窓の悲しみは
けっして鏡にはなれないのに
空と、あなたのすべてを
映さずにはいられないから
空にとっても、あなたにとっても
窓は冷たい表面でしかない

みんなが寝静まった後でさえ
窓は凍えるように
夜の闇の深さと
あなたの孤独の深さを
映しつづけている。

三月の空

そのとき空は耐えていた

水を含んだ重たい担架が
次々と中学校の体育館に運び込まれる
床に泥を擲げつけるおびただしい靴音
ブルーシートのぬかるみをぬぐうモップの音
棺を組み立てる規則正しい木槌の音
硬直した腕を折る曲げ
合掌させるときにあげる骨の悲鳴

すべての音が空に向かって響き合うなか
人々は
大きな礫を呑みこんだまま
俯き
整然と並ぶ死者を前に言葉だけが沈黙した

一人でも嗚咽をもらしたら
ふたたび世界は崩れさり
すべてを受け止めざるを得なくなって
しまうようで
泣くまいと

ただとまらなくなった涙を流した
ヘドロまみれの身体が
その涙に洗い清められているあいだ
遺体もまた
必死に泣くのを耐えていたのだ

それから何年かが過ぎ
朝も夜も
空は激しく怒っているか

さんざん涙を搾りとられ
いまは怒りに歪んでいるようにしか見えない
三月の青空を
鳥たちが飛んでいく
人々の失った言葉を取り戻そうと
涙を流せないかわりに
鳥たちは
ひときわ大きな声でなきながら
空に吸い込まれるように
高く高く　大きく大きく
どこまでも飛翔しつづけていく

手紙

とりあえず「前略」と書く
しばしの黙考

さて謝ったものか
しゃくだけれど
ありがとうを伝えるべきか
それとも
あのときの非をなじってやろうか

思いは次々とあふれてくるのに
すべてが略されていく
仕方がないので
便箋の左下に「早々」と書く

とつぜんぽっかりできた空白
もう読んでもらえない手紙
便箋を破り捨て新しいページに
とりあえず「前略」と書く

原　詩夏至（はら　しげし）

サボテンダー

男が
去っていった
〈空白〉に
いつからか
居座った
サボテン。
いまは
女は
その〈埋め草〉に
水をやり
声など
掛けている。

「サボテンダーっていう
モンスターが
そう言や
居るそうね、
FFに。」
或る夜
女は
そいつに
話しかける。
「逃げ足、
とっても速いんだって。
馬鹿みたい。」

びくっと身じろぐ
サボテン。
否、
サボテンダー。
遂に
追っ手はここまで来たのか?
せっかく摑んだ

小さな平安。
だが
それも
所詮は〈ヴァーチャル〉か。

翌朝
そいつは
もう消えていた。
呆然と
女は
目をこする。
「おはよう!」
前世の連れ合いみたいな
〈空白〉が
再び
そこにいる。

変な子

変な子だった
机に
落書きばかりしていた
友だちは
一人もいなかった
授業中も
休み時間も
ひたすら
落書きばかりしていた
先生も
敢えては
咎めなかった。

さりさり
時間の底を流れる
その子の
鉛筆の

机を走る音。
変な絵だった
戦車
怪獣
蟹
潜水艦
全部
内部が透けて見えていた
その子には
何もかもが
いつでも
そんな風に
透けて見えていたのか。

机は
いつも
黒く汚れていた
〈教室〉という
もしくは
〈世界〉という

壊れた自動車から
漏れたオイルが
滴ったみたいな
その子の
机いっぱいの
変な夢。

変な話だ
その子は
今でも
〈街〉に
〈職場〉に
地上のあちこちに
黙って
落書きを
続けている
思うに
〈世界〉という
壊れた自動車の修理は
まだ

当分は終わらないのだ
だから
その子も
その子の鉛筆も
走り続ける
滑り続ける
その
さりさり
時間の底を流れる
優しい
耳障りな
擦過音。

遠景

その日
一人の
バックパッカーが
灯台の
岬に
歩を止めた。

ああ
一切は
流れてゆくなあ
水平線に
幾つも
真っ白な
〈絶望〉の
帆影を
走らせて。

亜久津 歩（あくつ あゆむ）

し、

ばかみたいに泣いた夜が嘘みたい
ビルしなりひかる硝子がしなる、
電灯しなりひかる鱗粉がしなる、
道しなりひかる下水溝がしなる、
詩ならせて打ちつけるものの死だ
雨みたいに泣いた嘘よばかみたい

いつまでも水であるように

イヤフォンから溢《こぼ》れる雨に難聴する、
晴天を知らない指には窓が足りなくて
夕立のバス停だけが光りながら透けた
かたく結んだ靴紐をそっとにぎることができない
砕け散る一雫はあまいよね。そう信じようとする
笑えないあの子がせめて泣いていればいいと思う
刻刻とたたきつけられる春たち、はじける　眩暈

許色に染まる途上

誰ひとり永遠に知らない庭へ踏みこもうとする裸の踵は濡れている（ゆっくり滑るね）を重ねる頃もう帰れなくて尽き・かける。月昏く闇淡い、月甘く闇熟れる四時の瓶詰め並べ深海、食べごろにまたね、甘やかな皮膜の夜明け「雨は幸いである」誰もいない空が砕け散りきるきる流れる喪失を享けるため何一つ摑めずにいるのなら掌だって生きてよかった。

二、線譜

街を燈す単調な不在はアルペジオで
夜景を奏でるけれど満天には響かない
終わりのあとの眠りだけが旋律、である

くゆる吐息の糸は薄闇を織り
荊を撫でる月暈に棘さえもほころびるから
在らないみちをみつけられる

紡がれた二滴の常緑樹は謳うだろう
辿りつけない冬ざれの野で

同じ空をみていない
それはひどく
愛しいことよ、

＊以上の詩群はＴｗｉｔｔｅｒ連詩企画『ｐｗ連詩組』参加作品を再構成・加筆修正したものです。企画参加のため、他の作品に影響をうけている場合があります。

こわれて

こんなにも
つめたい熱を孕んで
何処へゆけばいい、の

ひらかなかった火球が
だから爛れる
小さな闇を
濡らして
誰も知らない
深みが
詩を拒むとき
物語と
果てたい
死のように
虚無の底
紅い余韻だけをのこして

水と炎

落丁に安堵する感度
あと少しゆれてほしい
嘘だけならさびしい
でも構造が可愛い
似たように失い
潰えるようにふれあえたら
何処へも何処からも
ひとつになれる気がした（、だけ、

よごれてるんじゃないの？
影かもしれない
同じであるはずもないのに
その汚濁をたしかめたい
曝し合えたら、ちがったねって
何か終わるだろうか
終えること、
できる、だろうか

黄色い線までさがって
互いにかいたページをちりちり灼き
よく冷えた無にひたすペン先
なにひとつ、詩《うた》えなくても、

死に花

善人呼ばわりされると笑えてくる
ぜんぶわたしが悪いのに
なるべく苦しめてからいかせて
そのほうが光る地獄

放たれるときは頸《クビ》から
血はつめたいほうがいい
、痙攣、嘔吐、すぐに
みんなかたくなる

そんなことも知らずに
きれいなスプーンで抉ったものだね
腐るのよ鉄って。
なかったことにするには
みえてるものがちがいすぎる
飽きたらころせばいいけど
まるごと終わるかもしれない

終われと思うほど続くんだよねアルバート、
花まみれの丘にふりたい
宇宙なんかいらない
ごめん
巻き込んで

（だめかもしれないね、
言うまでもない。
生きてさえいてくれたら咲ける

ゆらゆら

いなければいい
生まれてほしくて塞ぎたくて
鍵穴に湛える空白、
水脈、
煌めいて奪うけど
ゆるしてしまうはかなさ
きれい、
痛くないわけないから

ごめんね。くるしいのに
もっとひらいて
あからさまに傷つけたいの
心くらい

泣きたいね。それから
笑ったら、まざれるかな、

洲　史（しま　ふみひと）

番号になって

テストが終わっても　子どもたちは記入を続ける
　朝ご飯を食べましたか
　ゲームをやる時間はどのくらいですか
　テレビを見る時間はどのくらいですか
生活実態調査に記入を終えて
ようやくテストの時間は終わる

子どもたちが帰った午後の職員室では
「いち　よん　に　ろく　ご　・・・」
数字を読み上げる教員と
それを聞きながら
パソコンのキーボードをたたく教員
子どもたちはただの番号になって名前を失う

テストの解答も正答か誤答かは関係なく
解答番号を打ち込んでいく

テストは自分の教育活動を振り返るためのもの
朱ペンを持って　解答だけでなく
用紙の端に書き込まれた思考の道筋をみることも
大切なことと語っていた教員がいたが

上から降ってわいたテストに
一日か二日　学校は振り回される

打ち込まれたデータは　教育委員会に送られる
データは集約され　分析される
　朝ご飯を食べない子どもの学力は・・・
　ゲームをやる時間と学力は・・・
　テレビを見る時間と学力は・・・
グラフやレーダーチャートができあがる
全体のデータと学校のデータが統合されて返される

子どもたちがテストのことを忘れかけた頃

番号となったデータから子どもの名前を確認し
子どもにレーダーチャートが渡される
ネット勉強システムの
ＩＤ番号とパスワードのプリントとともに

パソコンの画面

あなたは　四十年近く教員として
自信満々に過ごしてきたらしい
けれど　パソコンの扱いはちょっと苦手だ

助けて
パソコンの画面が戻らなくなってしまった
普通の画面に戻して

普通の画面とは
いつもの
いつもの画面とは

当たり前の
当たり前の画面とは
一般の
一般の画面とは
みんなの
みんなの画面とは
普通の

普通　でない　とは
あなたが
ぼくを
人を
子どもを
排除　差別する時に使う言葉だ
いつも

あなたは
パソコンの画面の特徴を
もっと　具体的に語るべきだ

みゆきカラオケ

まずセンター南駅前の
カラオケ　コートダジュールを予約

次にミクシィに書き込み
　中島みゆきカラオケ
「あ～わ」まで　どこまで行けるか　をやります
　ご興味のある方　ご参加お待ちしています

勘違いして変な輩が来ないように
自己紹介を入れる
　当方　みゆきとほぼ同年代　男性
　音痴ですので歌えません
　歌える方は歌ってください

ミクシィのみゆき関連のコミュニティにも
同様の書き込み　次に
フェイスブックに書き込み
フェイスブックのみゆき関連のグループ
ツイッターにも短く要旨を記入

「あ」の最初は「愛から遠く離れて」か
「わ」の最後は「湾岸二四時」か
通信カラオケに登録されている曲は五〇〇曲ほど
バージョン違いも本人が歌うのもあるが
順番に全て聞き　歌えるならば歌おう
一日でどの当たりまでゆくだろか
「世情」まで　それとも
「テキーラを飲みほして」まで　意外に
「一人で生まれて来たのだから」
あたりまでゆくかもしれない

「いいね」が押され
参加したい　との書き込みも届く

二週間後が楽しみだ
みゆきファンと語り合うのもよし
誰も見えなくとも　一人でみゆき三昧もまたよい

発信

情報が集中する
この駅の降り口は二号車の先頭
二号車の先頭から降りようとする
多すぎてうまく降りることができない
別の号車の方が易々と降り口に向かうことができる

情報が集中する
横浜　野毛　有名な焼鳥屋と串揚げ屋
二つの店の前には　長い行列
隣の焼鳥屋も　はす向かいの串揚げ屋の鯨カツも
充分に安くて美味いのに

情報が集中する
消費税は四月から八%に増税　翌年には十%に
三月の今ならお買い得
これもあれも　あれもこれも　カード決済で
四月中旬　だぶついた商品が十%引きで店頭に並ぶ

情報が集中する
ひとは情報を伝える
どこからの情報かも忘れて
まるで自分から発した情報のように
ひとはひとに情報を伝える

けれど　ひと　よ
情報を求める源にあるのは
私たちの願い　望み　悲しみであることを忘れるな
集中する情報の中で
ぼくは見つけ出す
「憲法九条を守る平和の行動に参加を」のウェブ記事
そして　ぼくも発信する
「私も参加します。あなたも参加しませんか」と

羽島　貝（はじま　かい）

頭上ニ在ルモノ

どうしようもなく降りそそぐ慟哭を
笑顔で受け入れ
焼けた鐵を腹の底に抱え込むような真似を
何故、とは問うな

バスタブでもベッドでもソファでも良い
ぐったりと憔悴しきった身體《からだ》を
横たえるいとまもなく、ただ前へと

踏み出す日々は平穏な泥濘だ
首までつかったぬかるみの中で
泥を握りしめる

（凝固）
その脆弱な礫を叩きつける壁が
どこにもないがゆえの焦燥感を
何故、とは問うな

できたてのチェリーパイで
頬をひっぱたかれるような
甘くて熱い屈辱は
べったりと皮膚にへばりついて
のぞむは、頭上。

それを

何故、とは問うな

とりまくもの

あれは犬の鳴き声などではない。
あれはこの世の全てをなじる
子供たちの呻き声だ。

そんなものは苦しいばかりで
辛くはなかった。

だが慈悲の一撃が必要なのは確かに
見ている自分にであった。

ピストルからバニラ

顳顬《こめかみ》から撃ちこんだバニラ・アイスが
口いっぱいに広がって
息が出来ない！
ドロドロに溶けたソレが
体温になじんで生暖かい液体となり
口の端からコボレ落ちる。

首筋をつたい流れて鎖骨に溜まる。
（身体中が砂糖漬けになったような錯覚）

あまくて
あまくて
あまくて
あまくて

舌ごとへド吐いて発狂寸前！

（それでもバニラは口の中にいっぱい）

マブタと目玉の隙間から
半溶けのバニラがニュルリとたれて
鼻の上へボタリ。

なんてったってここのバニラは
乳脂肪一〇〇％！

グレーの十字架にくちづけを

（白）
心が痛むのは
こんなにも
心が痛むのは
今までに吐いてきた嘘の数だけ
俗っぽい天使に
なじられているからに違いない

（黒）
伝わって欲しいことだけが
伝わらない。
もしかするとそれは
偽りばかりを吐いてきたことへの
熱烈な断罪であるのかもしれない。

（白と黒）
嘘が罪だというのならば
なんと優しい罪なのだろうかと
愛が善だというのならば
なんと苦しい善なのだろうかと
思ったことはありませんか

失恋キング

蛇口とマンホールの蓋の
愛らしさについて語り合う従弟妹《いとこ》達よ聞いてくれ
僕はロサンゼルスで地下室に恋をして
告白をしたその日のうちに
完膚なきまでにフられてしまった！

（縞模様のネクタイはそんなにもダサいのか？）

ああ　なんてクールなペンキ塗りの鐵扉（アイアン・
　ドアー）！
その艶やかなベージュ色のたまらなさ！

歩道脇の下り階段の入り口から
チラリと見えるそのセクシーさに
僕はすっかりまいっていたのに！

（それともピンクの靴下がまずかった？
あれは確かにイタリア製なのに？）

送るなら薔薇よりも60Wの電球だったのよと
蛇口派の従妹が振り返って云った。

マンホールの蓋派はソケットが肝心だと
声をひそめて僕の耳元に囁いた。

（それっきりもう二人は僧侶の行進が
「発進」で号令されるべきかどうかを
議論し始めている）

ああ　僕の麗しの地下室ちゃん！

29

背中を丸めてくつくつと
笑う幸せなのだ。
わかってもらえるだろうか。
くつくつと
くつくつと笑う喜びを
歯ブラシをくわえて鏡を覗き込む、
そんな幸福感を。

Ⅲ

佐藤　未帆（さとう　みほ）

未来へ

流れている雲を　ふと見つめていたら
あなたの事を思い出したんだ　どんな時でも支えてくれていた　あなたの笑顔を忘れない　強がりのくせに寂しがり屋な　私のことを　わかってくれる　ＷＯＷ何度喧嘩をしても　そばにいたいのは　あなたで　あなたに出会えてから毎日が　キラキラ輝いて
太陽が照りつける　海岸を歩くと　あの日　見た貝殻みたいだね　ダメな時には叱ってくれた　あなたの言葉を忘れない　想い出すからこれからも　歩いていきたい　同じ未来へ　ＷＯＷ　どんなに遠く離れていても　今も信じている　明日へ続く階段　一歩ずつ　進んでいきたいの
『あの日交わした約束を　いつか叶えるために　２人で歩いていきたい　そう　ずっと２人で　今は離れていても　そう思うだけで強くなれる　明るい未来へさあ行こう』
（どんなに離れたとしても　今も信じて　明日へ続く階段を　一歩ずつ歩いて）
強がりのくせに　寂しがりやな　私のことをわかってくれる　ＷＯＷ　何度喧嘩をしても　そばにいたいのは　あなたで　あなたに出会えてから毎日が　キラキラ輝いてどんなに遠く離れていても　信じあえる未来明日へと続く長い階段を　一歩ずつ歩いていく

＊ＣＤ佐藤未帆「光」より

青のセカイ

どぷんどぷんどぷん
ああまたここだね
ここは深くきれいな青の世界

どぷんどぷんどぷん
どんどん深く入ってくる
君と私だけの世界

このまま逃げられない予感
このままここにいたいキモチ

明日がきたらもうこの色は消えちゃうかもね
だったらここにしがみつきたい

どぷんどぷんどぷん

ああまた誰か来たよ　ここはずっと　青のセカイ

水鞠を　蹴り泳ぐ君　美しく　泡の中まで
溶けていきたい

逢えぬ日に　送れずにいるメールたち

吾にこない君　このまま終わるの

悲しみに　苦しむときが　吾にきても　光がいつか
必ず届く

さよならを　告げる我見て　君は言う　そうではないと
またここに来た

ドラ猫の　ようになりたい　気まぐれな

心のボタン　冒険したい

光

たくさんの人達が　すれ違って行くけど
でも　誰も立ち止まらずに　画面をただ見てる
ねえ『今』も叫んでいる心が　聞こえる
君は？　Ａｈ
知らない人達だけどさ　皆が自分のことばかり
ただここに立っているだけじゃ何も意味ないよ　歩き出すその一歩が難しいんだよね
ねえ『今』も　叫んでいる心が　聞こえる
　君の
ああ痛い　心が軋むよ　どうしたらいいかまだわからないけれど
（下を向いて歩いて　大事なものこぼして言葉一つあればいいのに　画面の中には怯えている顔の　自分が映っている　だけでしょ）
ねえ　君の瞳に映っている光が　みんなが持っている優しさだよ
（勇気出して顔上げて　みんな一緒なんだよ　誰もたった一人じゃないから　君が笑えるなら　みんなも笑えるから　だからねえ　こっち向いて笑って）

＊ＣＤ佐藤未帆「光」より

猫のクロちゃん

クロちゃんは黒猫
クロちゃんは男の子
道端で出あった
次の次の日学校から帰ったら家の前にクロちゃんはいたね
一緒に追いかけっこしたり
木登りしたり　屋根に上がってみたり
私が泣いていると大きな声で鳴いていた
側に来てくれたクロちゃん
犬に一緒に追いかけられた事件もあった
あれはクロちゃん大変だったたね

猫のクロちゃん
黒猫だから「クロ」
名前がそのままでごめんね
ありがとうクロちゃん

キツネくんと買い物

キツネくんはいつも突然現れます。

山の上から歩いてきます。初めて会った時キツネくんは半分だけ化けていました。人間の男の子のフリをしていたのです。

「一緒にスーパーであぶら、油あげを買って下さい。」

小さな声でキツネくんは私に言いました。

変だなあ、絶対キツネだなあと思いながらもうなずきました。

「いいよ。手もつないであげるよ。」

キツネくんと手をつなぐと、やっぱり手がキツネです。ふわふわしているのです。


スーパーで油あげを見つけてあげました。

「ありがとう。お母さんが喜ぶよ。」

キツネくんはお礼を言いました。どこで拾ったのかちゃんとお金をレジで出しています。キツネくんは満足そうに山へと歩いていきました。後ろ姿でしっぽが見えちゃってるよ。

上原　健太（うえはら　けんた）

背中

他のお父さんより少し小さい
僕のお父さん

毎日スーツを着て会社に行く

朝は1時間も鏡とにらめっこ
ヘルメットみたいにカッチカチの髪の毛
朝ご飯を食べるとすぐにお腹を壊すから
毎朝トイレの取り合い

休みの日は家でゴロゴロしてイモムシみたい
いつもお母さんに怒られてる

僕には夢がある

スーパーマンみたいなヒーローになって
みんなのことを守るんだ
サラリーマンなんて絶対ならない
だってお父さんみたいで格好悪いから

でもねお父さん
今なら分かるよ
僕達を守るためにいつも戦っていてくれたんだよね
それなのに格好悪いなんて言ってゴメンナサイ
おじいさんになって前より小さくなった僕のお父さん
会社も辞めて毎日家でのんびり
子供の頃に見た小さな背中が今は凄く大きく見える

ありがとう

背広姿の僕のヒーロー

いつもうるさい僕のお母さん
「宿題やったの？」「お風呂入りなさい」
「もう寝なさい」
言わなくても分かってるよ
今やろうと思ってたのにやる気がなくなるよ

「早く起きなさい」
また憂鬱な一日が始まる
「遅刻するわよ」
学校なんて行きたくない
どうせまたイジメられるんだから

家を出ると台所の窓から顔を出し
「いってらっしゃい」
人の気も知らないで・・・
目の前の川に飛び込んで死ねたらどんなに楽か
「頑張ってね」

頑張りたくなんてない
頑張って良い事なんて一つも無いよ
そう思い振り返ると
そこには笑顔で手を振るお母さんの姿が

「あの時お母さんね
背中を丸めて寂しそうに歩いていくケンを見て　この
まま何処かへ消えちゃうんじゃないかって　もの凄く
不安になっちゃって」

お母さんは何でもお見通しだ
長い間心配かけちゃってゴメンネ

でももう大丈夫だよ
大人になった僕の背中は
ちょっとやそっとじゃびくともしないから
笑顔で手を振るお母さんのあの姿は
今でも僕の背中を優しく後押ししてくれてる

だから安心して
今度は僕が笑顔で手を振る番だ

はにおか　ゆきこ

失う

絶望の海にあった
かすかな光を
拾い集める

こころ　出来事
今まで思い出すことのなかった
記憶

経験は魂に宿り
自分を強くする

人は何を失っても生きていける
失うことの辛さから逃げず
記憶させよう

一番はじめにうしなうものは　なんだろう
身体
肉親
こころ

失いそうな時は　焦り　乱れる
失った時は
悲嘆し　絶望の海に堕ちる

しかし
そこから抜け出たとき
人は強くなれる
より強い自分に

花

花が美しいと感じるとき
私のこころが軽いとき
重いこころを背負っているときは
道端に花　咲いていても気づかない

だから
私は花を育てる

花の成長を日々見ながら
私のこころを確認している

こころは重いときも軽いときのある

（いつもきれいだなぁ）
と　感じながら

花　見ていたいなぁ

夢

夢はみるものではなく叶えるもの
夢みることは
何歳になってもやめてはいけない
ドキドキしたりワクワクしたり
しなくなってはいけない

年齢ごとに夢は変わってゆく
自分も変わってゆく

その時々で
叶えたいことのある人生はすばらしい

夢がありそれに向かう心
行動ある限り人は生きてゆける

夢で逢えたら

今という時間を生きている私が
将来の自分を夢で見ることが出来たら
どんなにすばらしいだろう

小さい頃はよく夢を見た
大きくなったら〇〇になりたい

想像して　夢みて

実現していないのにそれだけで
嬉しかった

今は将来をおもうより
希望より不安が強く
夢みる余裕がない

せめて寝ている時の夢で
未来の自分をみて楽しみたい

そう

人生は楽しんで送ろう

愛

心の中に愛しいものがあれば
人に愛情を与えること　できる

人の言葉に自分を失うこともない

良いと思った時は　相手の意見を素直に受け入れ
悪いと思った時は
（そんな考え方もあるんだ）
と　客観的に受け入れることができる

それができる
太い幹ができる

でも人生　そうもいかない

人の意見に左右されすぎて
自分を忘れてしまったりする
なにをどうすればいいのかわからなくなる

そんな時　自分の中で
愛されたこと
思いだしてみよう

きっと自分が見えてくるはず

愛は自分の源　根っこ
根から芽、幹、葉、花へと
成長していくのだから

現実

将来どうしたいか
過去どうだったか

期待すること　後悔すること
先行きに不安をおぼえることは
人間

大切なのは

今　どんな気持ちですごしているか
今　前向きにいきているか
今　日々感謝してすごしているか

今の積み重ねが将来の自分

そう思い　生きてゆこう

青柳　宇井郎（あおやぎ　ういろう）

満天の星

夜空に浮かぶ星の海
小舟に乗って揺られたい
ゆらり
ゆらり
瞳に輝く星ひとつ
とても綺麗な星ひとつ
きみは星から生まれた光です

夜空を過ぎる流れ星
私の前を過ぎて行く
さーっ
さーっ
瞳に輝く流れ星
とても綺麗な流れ星
あなたは流星
今度逢うのは百年後？

渺茫愛慕

風と戯れる君がすき
眩い笑顔の君がすき
なにげない話をする君がすき
わがままを言う君がすき
すねる君がすき
泣いている君が嫌い

言葉に出せなかったけれど
君がすき
もう
君に告白は出来ない

秋の夜空を覆う満天の星
君の星はどれ？
流れる光は君の涙？
なにが悲しいの？
僕に出来ることは何？

待っていて
かならず
君の星を見つけるからね
僕は今日も満天の星を見上げる
君を見つけるため

情愛

キミに逢いたくて　募る思いで僕は来た
都会に馴染むキミ　僕の知らないキミ
嫌ったたばこ　嫌がったお酒
美味しそうにたしなむキミ

僕の知らないキミ
ちぐはぐだった化粧　今はとても
綺麗に映える　僕の知らないキミ
嬉しそうに語り合ったキミ
今のキミは退屈そう　僕の知らないキミ
都会に映えるキミ　僕の知らないキミ
キミを愛している　愛しているから
僕は去る　僕の知っている　キミを抱いて

雫

ぽつんと落ちた雫は　水たまりとなり
池となり　湖となる
雫は　細い水脈となり
河となり　大河を経て　海へと続く

自然は偉大だ

多くの種の繁栄と滅びが繰り返す中
変わることのないサイクルを繰り返す

やがて人は滅びる
だけど
一滴の雫は生き続ける

地球に自然がある限り
次に生まれてくる新たな生命を見守る

一滴の雫
それは　とても小さい生命
でも　それは大きな生命力

人間よ　雫に学び　雫に生きよう
小さくても大きな力

人は
自分のためにも
他人のためにも

生きているのではない
地球　宇宙のために生きているのだ

帰らざる日々

耳をすませば聞こえる過ぎ去りし永遠の日々
目を閉じれば浮かぶ過ぎ去りし永遠の日々

多くの人と出会っては消えた
友よ　恋人よ
多くの　苦しみ悲しみ　喜びが過ぎた
過ぎ去りし永遠の日々

時には後悔したけれど
時には自分の存在を否定したけれど
時には悲しみで枕を濡らしたけれど
楽しいことも沢山あった

過ぎ去りし日々
私の生きてきた地層

だから　私は今この上に存在する

これからも辛いこともあるだろう
悲しいこともあるだろう
でも楽しいことも沢山ある
そして
新しい過ぎ去りし永遠の日々が蓄積される

いつの日かまた　この上に立つ
友よ恋人よ
その時　共に語ってくれるか?
過ぎ去りし日々を

そして朝が来たら歩もう
まだ見ぬ永遠の日々を

ささやかな愛

隣で本を読んでいたきみは
いつしかうたた寝
飲みかけの紅茶は冷め
食べかけのクッキーも寂しそう
幸せな寝顔
どんな夢を見る
こもれ日のなか
ぼくは
読みかけのページに落ち葉のしおりを挟むと
優しくキスをした

すずき　じゅん

ちびぼっこの旅

【出会い】

ここは、宮城県のある山の奥深くの森の中です。

紅葉も終わり、森の木々の葉も落ち、森の動物達は冬を越す準備で大忙しです。やがて冷たい風が吹き、森の動物達も少なくなってきました。

どんぐりの木の下に、数匹のリスたちが落ちたどんぐりを沢山集めています。リス達は、冬の間食べる食料を集めているのです。その中に、リッキーと言う名のリスがいました。

「おめー、そんな虫の食ったどんぐり集めでなじょすんだ？」一匹のリスが言いました。

「だってっしゃ、もったいねーべっちゃ」

「なにっすや、もったいねーったって、虫食ったとこ、食うとこねーべや！ほでなすだなやー！」

リス達は大きな声で笑いました。それでもリッキーは、より沢山のどんぐりを集めて家に帰りました。

「虫が食ってようが沢山集めとけば長い冬だって安心だっちゃ！それに、綺麗などんぐりはみんなが集めっからあまりねーし遠くまで行かねばなんねー、時間もったいねー！んでも沢山集まってよかったなやー！」そう言いながらうとうとと眠ってしまいました。あれだけ沢山集めたのでそうとう疲れたのでしょう。

森は雪が降りはじめ、紅葉で赤や黄色で染まっていた山は白く変わり、冷たい冬がやってきました。

リッキーは目を覚ましました。

「寒いと思ったら雪降ってきたんだなや。どれや！」リッキーはそう言うとどんぐりの部屋から、虫の食ったどんぐりをいくつか取ってきてそして皮をむきはじめました。すると何と中から芋虫が出てきたのです。

「たのむー、たのむがら食べねーでけろ。出て行くから、食べねーで！」芋虫は必死に頼みました。

「いも虫君よ、悪かったー!あんだが居るとはしらねかったからっしゃ!出ていかねくていいよー、食ったりしねーから、暖かくなるまでここさ居ねすか?」リッキーはとても優しいリスなんです。

「んだな、いもちゃんでどーだべ、名前!」

こうしてリスのリッキーと芋虫のいもちゃんは暖かい春が来るまで、一緒に暮らすことになりました。

「いもちゃん、めしにすっぺし!」

リッキーはどんぐりのある部屋に行きました。そしておいしそうなどんぐりを探していたときです。

「出してけろー!出してけろー!」

リッキーは、また芋虫が居るのだ!と思いました。

「はやぐー、はやぐ出してけろー!」

「わがったー、まってろなやー!」一つ一つどんぐりを叩き確認し、やっと声のするどんぐりを見つけ引っ張り出すと、そのどんぐりは、パカッと開きました。

「フーッ!苦しかったー!」中から出てきたのは芋虫ではなく、小さな人間の男の子でした。

リッキーはこの男の子に、ちびぼっこ。と名前をつけ、三人の楽しく賑やかな生活が始まりました。


【別れ】

外は雪が深く積もり、吹雪の日々が続きました。この年はいつもとは違い長い冬だったのです。餌を探しに出てきたきつねやうさぎも寒さに震えていました。

リッキーはどんぐりの部屋にいました。冬を越すには十分なだけのどんぐりですが、いもちゃんとちびぼっこという思わぬ同居人に加えこの年の長い冬。暖かい春が来るまでもたない事を心配し始めました。そしてリッキーの心配にいもちゃんは気づいていました。いもちゃんはリッキーが眠るのを待ち、ちびぼっこにここを出て行く相談をしました。

「このままでは、おら達だけでねぐリッキーのめしもなくなんだよ。リッキーは、苦労して集めた食料を、こんなおら達にも分けてくれたべや。ここいらでおら達出ていくのがいいんでねーがや?」

「なにっすや!出て行ってなじょすんのっしや?めしもねー住むところもねくてっしゃ、なじょすって?」

ちびぼっこはいつまでもこの楽しい日々が続くものだと思っていました。しかし、いもちゃんから言われて、楽しい日々の裏には、リッキーの苦労があった事をしりました。そして二人は決断したのです。

外はこの日も吹雪いています。ドアからもすき間風がヒューヒュー音を立てて入ってくるほどです。リッキーはいつものようにどんぐりを運んできました。

「いもちゃん、ちびぼっこ、めしにすっぺし！」

三人はいつものように食事を済ませました。

「リッキー、おらとちびぼっこから話があんのっしゃ。聞いてけねすか?」

「なんだべあらたまって」

「おら達、明日、出ていくがとおもって」

「なにっすや!…俺、何か気にいらね事したすか?」

「んでねーのっしゃ。おら達、リッキーにはうんと感謝してんのっしゃ。暖かい部屋だけでねく、毎日毎日何の苦労もなくめしまでごっつおなって。気にいらねーどこでねく、うんと感謝してんのっしゃ」

「んで、なんで?」三人は三人共互いのことを思いあっていました。実際に食料は一人分と少ししかなくなっていて、三人が春まで暮らすのは無理に近いのです。リッキーは二人の友情を受け入れる事にしました。


そして朝がきました。珍しく陽が眩しい朝でした。

「じゃおら達行くがら。リッキー本当にありがど!」

「俺、リッキーのことずっと忘れねーからっしゃ!」

三人は、外に出ました。

「なっ、なんだべこれ!」ちびぼっこが叫びました。

積もった雪の上に、屋根のついたソリがありました!

「これ、リッキーが作ったの?」リッキーは昨晩、吹雪がおさまった事に気づき、二人のためにソリ作っていたのです。ちびぼっこは嬉しそうにソリを触ってました。いもちゃんは涙をためていいました。

「リッキー、おら達のためにこんなにしてけで」

ソリの中一面にどんぐりが敷き詰められていたのです。残り少ないどんぐりを分けてくれたのです。

「ほれ、吹雪く前にしのげるところまで行がねど!」

「んだね!んじゃ、ちびぼっこ、行ぐべ」

ちびぼっこといもちゃんはリッキーの前から少しづつ遠ざかって行きました。リッキーはいつまでも二人の方を見ていました。とても淋しそうに。いもちゃんもリッキーの方をずっと見て短い手をふっていました。

ちびぼっこはリッキーの優しさといもちゃんの思いや

りに対し、自分のわがままだったことに気づき、悔しいのと悲しいので、涙がとまりませんでした。

【親友の死（予告編）】

二人はどこまでも雪の森を進み、熊笹の藪につき、藪の中に家を作り、そこで新しい生活を始めます。やがて、リッキーが分けてくれたどんぐりも底をつき、ちびぼっこはいもちゃんに教えられ、熊笹の新芽、竹の子を雪の中から見つけます。春が近づくに連れ竹の子はよく採れ、暖かい春まで十分に暮らします。そして花が咲く春、いもちゃんが動かなくなります。いもちゃんは蛾の幼虫です。さなぎになったいもちゃんはやがて真っ白な綺麗な蛾となり飛び立ちます。しかし、突然周りが暗くなり、大きな鳥が、飛び立ったいもちゃんを食べてしまったのです。辺たりにキラキラ光るいもちゃんの羽の粉、ちぎれた羽が風に吹かれて舞ってました。ちびぼっこは、死、と言うものを知ることになります。そしてちびぼっこは、いもちゃんと暮らした場所を後に新たな旅に出ます。ここからが本当の、ちびぼっこの旅、の始まりとなります。

【最後に】

この作品は、小学生の頃の作品を四十数年ぶりに、再構成したものです。

小学生の頃、宮沢賢治の「どんぐりと山猫」を読み、自分もこの様な世界を作ってみたい！と影響を受けた作品でした。十数年前に絵本とし、ネットで公開しましたが、今回は再構成、短縮版としてここに掲載する事となりました。

興味を持たれた方は、しながわてれび放送のホームページ　http://usotv.com/sinagawa　より完全版並びに続きを御覧頂ければと思います。公開は二〇一四年十一月を予定しています。

みゅう

波紋

失うのが怖い
大切なものを失うのが怖い
だから、大切なものを作らない
誰も愛さない
そうすれば、私のこころは凪いだまま

なのに、見つけてしまった
きみの笑顔

雫がひとつ
波紋が広がる
恋に落ちる…

てんき雨

気まぐれの雨の中
空を見上げている
太陽がまぶしくて
雨を忘れる

好き、嫌い、って 占って
自分の気持ちが わかんない
そばにいないから
きみが わかんない

たいくつな夢の中
ぐるぐる 回っている
さみしがり屋の私
きみが 笑うんだ

大好きって 言えなくて
だけど 離れたくないよ

きみの無い世界を
イメージできないんだ

大好きって　言えなくて
ほんとは　そばにいたいの
きみの無い世界を
イメージできないんだ

海月

くらげ　くらげ　小さな海月
波間に漂う　小さな海月
あなたはいつか　海の底の
人魚に恋をした

遠いけれど　近づきたい
あなたのそばへ　もっと　もっと
遠いけれど　ひとりはさみしい

あなたのそばで　ずっと　ずっと

くらげ　くらげ　波に揺られて
降りてはゆけない　小さな海月
漂いながら　海の底の
人魚に恋をした

深いけれど　近づきたい
あなたのそばへ　もっと　もっと
深いけれど　ふたりになりたい
あなたのそばで　ずっと　ずっと

くらげ　くらげ　波に呑まれて
溶けてしまった　小さな海月
あなたはいつか　海の底の
人魚に恋をした

ラルゴ

気づいたらここにいて、
それからずっと、生きてきた。
あなたの優しい、木漏れ日の下で。

まだ、双葉だったころ、私はその根に抱かれていた。
白い太陽は、枝葉の隙間から、モザイクみたいに地面
に落ちて、やわらかく揺れていた。
遠いせせらぎと、ウグイスたちの歌を聴き、あなたを
見上げる景色が、私の世界のすべてだった。
あなたは大きくて、力強くて、永遠のようだった。

月明かりの夜には、私にそっと、話してくれた。
そよ風が、私を運んで来た日のこと。
雷が落ちた夜のこと。
今はいない、友達の赤リスのこと。
あなたの話す言葉の意味は、ときどき、
よくわからなかった。

ただ、その声を聴いていたくて、もっと話して、と、
私はねだった。
葉を微かに揺らして、あなたは笑った。
あなたはいつも、笑っていたの。

私が苗木になって、あなたの話が、ほんの少し、
わかるようになったころ。
突然、あなたは言った。
「私はもうすぐいなくなるの」
あなたの膝で、朝が来るまで、私は泣いた。

緑の葉は枯れ落ち、大きかった幹も枝も痩せて、
もう、あなたは笑わなかった。
ある日の夕暮れ、木は音を立てて崩れた。

私のすぐ足下で、あなたは腐り、やがて土に還った。
少し離れて立つ他の木たちは、哀れみの目で私を見て
いた。

あなたのいなくなった世界。

日差しは鋭く、風は冷たく、雨は痛かった。
雷の轟く夜は、怖くて怖くて眠れなかった。

それから初めての冬が来た。
冷たい雪が、葉に、枝に、降り積もって、
もう何も感じなかった。
長い長い冬。
きっとそれは永遠だと思った。
いっそあの日、あの木と一緒に、
崩れ去ってしまえばよかったのに。

でも、ある朝、雪は解けて、
ウグイスたちの歌が聴こえた。
春が来たの。

枝には、白い、小さな花が咲いていた。

そして気づくと、一匹のてんとう虫が、
朝露と並んで、私の葉っぱに乗っていた。
振り落としても、きみは落ちない。
きみは毎朝、そこにいた。

そうだ。
私はあなたのために生きよう。
あなたを守ってあげる。
この命が尽きるまで。

私があなたの、木漏れ日になるの。

望戸　智恵美（もうこ　ちえみ）

お菓子

お菓子ってステキ
お菓子ってカワイイ
お菓子ってキレイ
ふわっふわのさっくさく
かっちかちのとっろとろ
食べれたらもう幸せ
食べれなかったらそれは悲しい
だから私はお菓子が好き
一人より二人で食べるお菓子はもっと好き

友達

自分とはちがう
ひとつひとつの考え方
ぶつかりあったり
励まし合ったり
笑いあったり
泣きあったり

それらがかさなりあって出来るのが
友達という絆
絆は目にみえないけど
大事に大切に守り育っていってる

日常

何気なく過ごしている日常
平凡で退屈な日常
キラキラして輝いている日常
平凡で輝いている日常

同じ日なんてないけど
楽しいと思えた日
悲しいと思えた日
当たり前に日常は過ぎていく

ねこ

ねこって苦手
気分屋だし
ひとつの場所を見つめるし
急に甘えてくるし

良くわからないから苦手
ねこが羨ましい
気分屋でも引っ掻いても
可愛いって言われる
私には出来ないことが出来る
だから苦手で羨ましい

田　舎

田舎はいい
大人になって思う
なぜ　昔は早く出たがっていたのか
きっと昔の私は都会に希望を抱いていた
勝手に
勝手に抱いて嫌になった
そして今度は田舎に希望を抱く
それを繰り返す自分は廻る風のようだ

夢

いつからだろう
挫けそうになると考えてしまう

目標を強く持ち その存在を認識したのは
あの時感じた気持ちは今でも忘れない
あれから目標を目指して進んだり下がったり
凄く遠回りをして
スタートラインに立てたとき
目標を強くもった日を思い出す
空気を吸い込む
これからの自分にエールをおくるように

家族

心を許しすべてをさらけ出せる人
家族
たまにぶつかったりするけど
私を常に導いてくれた
何度か愛想も尽かされただろう
わがままを言っても
ありがとう
いつも心の中で言っている
だから心のそこから甘えられる

紫堂　閑奈（しどう　かんな）

素直な気持ち

いつでも言えない
素直な気持ち。
だから傷つけてしまう。
本音を言う前に
言えなくなる。

一緒にいられるのが嬉しいのに
僕は素直になれない。
いつも後悔している。
伝えたい言葉が
見つからない。

心の中では素直になれる。

君の前だとダメだよ。
素直になりたいと
いつも思う。

本当の気持ちなんて
伝わらない。
僕は素直になれない。
いつでも君のことだけ
想っているけれど
伝わらない。

いつか伝えたいよ。
僕が勇気を出したら
君に伝えるよ
素直な気持ち。

恋の魔法

初めてでした。
こんなにも
優しい声があるんだって思ったのは。
思わず涙が溢れて
すごく心に響いて。
とても優しい気持ちになれました。
あなたの声は魔法。
私の心を温かくして笑顔をくれるから。

私、あなたに出会えて良かった。
ずっと憧れてて
雲の上の存在だと思ってたのに。
今はこんなにも近くにいるなんて
まだ夢みたいに思えるけど。
それでもあなたとの優しい時間が
ずっと続きますように。

隣にいれること

君がいてくれると、とても安らぐんだ。
嫌なことや辛いことがあっても、
君の笑顔に癒される。
その優しさに
僕はいつも助けられてるんだ。
だから君には感謝してる。
永遠なんてないかもしれないけど。
それでも信じていたいんだ。
君の隣にいれること。

もしかしたら
あと何年か経って
君の隣に僕はいないかもしれないけど。
それでも・・・
今だけは
君の隣にいてもいいですか?

You are my Love

見つけたいあなたの夢を。
叶えたいあなたの願い。
祈るだけじゃなくて、見守るだけじゃなくて。
そばにいたいの。
あなたのためなら全て壊してもいいから。
Endless Love・・・

あなたが求めるものは何?
見つめる視線の先に何があるの?
見えない素顔の行方。
暗闇の中で瞳は知ってる。
You are my Love

あなたが救えるものは何?
失くした心の先に何を見るの?
深い傷跡が残る。
光の中でも瞳は知ってる。
You are my Love

探したいあなたの笑顔。
叫びたいあなたが好きと。
閉ざされた心をいつか開かせるため。

見つけたいあなたの夢を。
叶えたいあなたの願い。
祈るだけじゃなくて、見守るだけじゃなくて。
そばにいたいの。
あなたのためなら全て壊してもいいから。
Endless Love・・・

見つめていたい、変わらないはずの
あなたへの私の想い。

君がいて、僕がいて

君に出会ったその日から、
僕の中で少しずつ
何かが変わり始めた。
いつでも君は僕に
勇気をくれるんだ。

君がくれる優しさが
僕を包み込んでいく。

一人になるのが怖いのに
強がってばかりいた。
いつでも支えてくれる人は
すぐ側にいたのに。
君が教えてくれた。
僕は一人じゃないってこと。

Everlasting Dream

瞳の奥に光る
何かが私の中で目覚めて
探していた心
静かに甦る。
傷ついてもいい
泣いてもいいの。
だから私の願い叶えて。

瞳だけが時を告げる。
交わされた言葉の中
変わっていく気持ち。
傷つき、悲しみ、安らぎ求めていた。
あなたと夢見た時間さえ薄れて消えてく。

泣いて過ごした夜も、
傷ついて苦しむ夜さえも。
思い出の中で
残っている全て。
叫んでもいいの
逃げてもいいの。
だから私の傷跡《こころ》癒して。

沖野　真也（おきの　まや）

感謝

刻々と流れる時間
ボーッとしてても過ぎてく日々
そんな日常の中で
「聞こえる音」
「いろんな声」
「変わる気持ち」を
感じられる事に感謝♪
こんな私を
「支えてくれる人」
「笑いあえる友」
「叱ってくれる師」と
出会えた事に感謝♪

ここにいることに日々感謝♪

布団

ゴロゴロ〜もふもふ〜

何か色々考えながら
軽い睡眠で現実逃避
嫌なことも寝て忘れ
楽しかったこと思い出す

ゴロゴロ〜もふもふ〜

でも時間過ぎるのがやたらと早い
あーぁ、10時間くらい寝たのに
まだ3時間しか過ぎてなーい
って感じだったら良いのに

なんて考えてるうちにまた夢の中

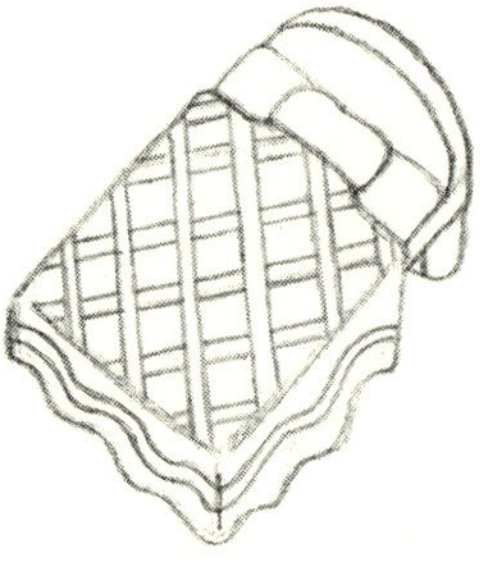

信じるか否か

あると言われるおとぎ話に都市伝説
居ると言われる神仏、UMA、魑魅魍魎
ないと否定してしまえばそこで終わり
それじゃあ面白くないじゃない
否定するのは他人《ひと》の自由
けど信じるのは私の自由
見えてる世界が全てじゃないと思うから
未知の世界を信じるか否か
私は信じる信じていたい

怪　我

気付いたら出来てる怪我
いつの間に出来たのか、何をして出来たのか
全く分からない
けど、今気付くまで全く気付かず
怪我した時何かに一生懸命だった事を思えば
「気付いたら出来てた怪我」
ってなんかカッコいい。
でも、気づくと急に痛くなるのはやめて欲しい（笑）

宝くじ

一等○億円の夢
見るだけで充分楽しい
当たったら何しようとかどこ行こうとか
考えるだけでも充分楽しい
たまーに買ってみるけど一等なんて当たらない前提
３０００円でも当たったら充分嬉しい
でも本当に当たったらどうなるんだろうか
宝くじ一等当選！
逆にパニック・・・
今くらいがちょうど良いって
宝くじの神様が言ってるんだろう

萌え

人間は猿から進化した
だから今、
「猫耳、うさ耳萌え～♥」
と言っているのであれば
人間が猫とかから進化してたら
「猿耳萌え～♥」
だったのだろうか？
それはそれで面白そうだ

曲

春夏秋冬、季節関係なく
テンション上げるときに聞きたくなる
曲
私的にそれは
いわゆる「クリスマスソング」である
不思議とテンションが上がる
何か楽しくなってくる
まだ何も出来ては無いけど
何かもう色々頑張った気になる
特に何も予定はないけど
何か良いことありそうな気がする
そんな「クリスマスソング」が
私は好きだ

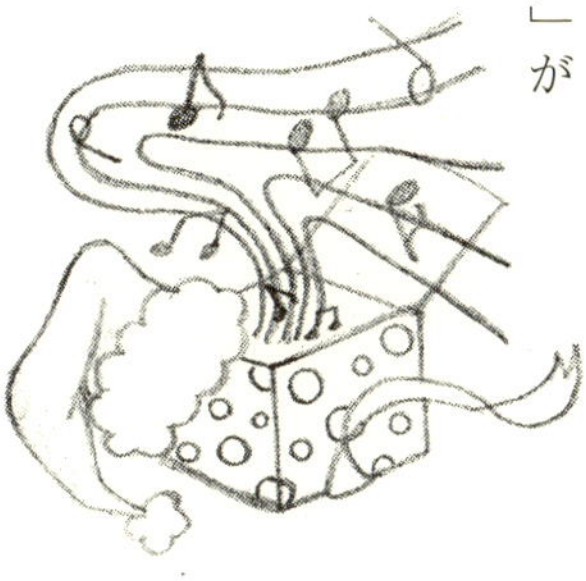

最終電車

スマホをいじる、外を眺める、赤く染まった
沢山の疲れた顔、顔、顔。
「この中にいるってことは
自分もこんな顔なんだろうなぁ」
なんて、隣で頭揺らしてる人見てふと思う。
でもそんな私達を運んでる電車はまだ仕事中
沢山の顔もこの電車も
今日1日お疲れ様です。

羽角　彩（はすみ　あや）

抱きつき魔

笑ってる人にぎゅうっ
泣いてる人にぎゅうっ
怒ってる人にぎゅうっ
喜んでいる人にぎゅうっ
いっぱいぎゅうっ
ちょっとの幸せおすそ分け
お父さんにぎゅうっ
お母さんにぎゅうっ
お姉ちゃんにぎゅうっ
お兄ちゃんにぎゅうっ

そして一番大切な君にぎゅうっ

こんな事しか出来ないぼくの精一杯
ちょっとの元気おすそ分け
みんなにぎゅうっ

ぼくが伝えたい『生きててくれてありがとう！』

読んでるキミにぎゅうっ

青空を夢見て

どこまでも広い青空
どこまでも高い青空
手が届きそうで届かない
どんなに必死になっても
決して届くことはない
でも、
それでも私は青空に手を伸ばした
いい加減あきらめろ
お前には無理だ
届くわけない
そんな声が聞こえてきても
私は手を伸ばし続けた
青空がどうしてもほしいんだ
たとえ今は届かなくてもいい
目指すことに意味があって
あきらめないことに意味があって
壁にぶつかることに意味があって
夢を追いかけることに意味があって
どんなに遠い夢でもいいんだ
難しい夢でもいいんだ
夢を持って生きることに意味があるんだ
だから私は今日も青空に手を伸ばす

思い出

写真がなくても
お気に入りの服がなくても
卒業アルバムがなくても
いつもやっていたゲームがなくても
飾ってあったぬいぐるみがなくても
もらった手紙がなくても
使っていた教科書がなくても
昔もらった賞状がなくても
ずっとあったものがなくなっても
大丈夫だよ

だって私が生きてる限り
進むことも振り返ることもできる
形がなくたって思い出には変わらない
私が今まで生きてきたってことには変わらない
思いさえあれば私はそれでいい
でもやっぱりちょっとだけ寂しいな

ありがとう

笑ったり
怒ったり
泣いたり
喜んだり
当たり前のことだけど
当たり前じゃない
寝たり
しゃべったり
働いたり
遊んだり
当たり前だけど
当たり前じゃない
だって生きてるってことが
奇跡の連続なんだから
だから私は
生きてることに《ありがとう》

背中をよいしょ

ぶたさんがもう歩けないと言って立ち止まりました
ぶたさんの背中を犬さんが支えました
犬さんの背中を猫さんと
猫さんの頭上に乗っかってネズミさんが支えてます
猫さんの背中をウサギさんが支えます
ウサギさんをキツネさんが支えます
キツネさんをタヌキさんが支えます
タヌキさんを羊さんが支えます
羊さんの上に乗っかってリスさんと小鳥さんが
微力ながらにお手伝い

あなたが挫けそうな時はたとえ無力でも支えます
だって、あなたには前を向いていてほしいから
笑顔のためにあなたの背中をよいしょよいしょ

Ⅳ

星野　博（ほしの　ひろし）

贈り物

苦しむことに意味があるのか
あなたは何度も尋ねたかもしれない
いつも何かを引きずっているようで
前に進めないでいるかもしれない
でも覚えていてほしい
あなたは必要とされていることを

枕を涙で濡らした夜がいくつかあったかもしれない
そのたびにあなたのまなざしに憐れみが増している

孤独をいやというほど感じたかもしれない
そんな人は誰かと一緒にいる大切さを知っている

体の痛みを抱えている人は
苦しむ人の背中をさすってあげられる

別れのつらさを経験した人は
出会うことに素晴らしさを見出す

喪失の悲しみに落とされた人は
限りあるものをいとおしむ

「神様　なぜですか？」
この思いがいつも心にあるかもしれない
だが苦しみ　悲しみが
あなたを成長させ愛に満ちた人にするための
特別な贈り物だと気付いたなら
この世に別れを告げ　魂が肉体を離れる時
あなたはこう言うだろう
「神様　感謝します」

今日私がしたいこと

目覚めたら朝の静けさを感じること
外に出たら深呼吸して空気を体中に送ってみること
晴れていたら太陽の光を全身でうれしく受け取ること
雨が降っていたら傘にあたる雨音を楽しんでみること
知っている人に会ったら笑顔であいさつすること
犬や猫がいたら呼びかけてみること
好きな曲を口ずさむこと
おいしく食事をいただくこと
窓から景色をしばらく眺めること
誰かのために祈ること
夕焼けの空を見上げること
夜空に月をさがすこと
今日一日が与えられたことに感謝すること
楽しい夢が見られるように眠りにつくこと

ある家族の夕食

日曜の夕方のファミレス
ある家族がテーブルで料理を待っている
四十代の父親　母親と十代の姉　弟
子供たちは二人とも自分の携帯電話に釘付け
画面をにらみ　指が忙しく文字をたたく
両親はそんな子供たちをじっと見つめるだけ
夫婦のあいだにも会話はない
料理が運ばれても何も言わず
黙々と自分の食べ物を口に入れる
子供たちはひとときも携帯電話から目をはなさない
皿の横に置いたまま　指だけが動きを止めない
にぎやかな時間帯の店内で
このテーブルは沈黙が支配している
他の家族の笑い声が
両親にはどう聞こえていることだろう
他人とつながるために造られた携帯電話のせいで
身近な人との会話が奪われている

歩数計

今日歩いた歩数
９８６２歩と出てる
きのうは１万歩越えてた
明日はもっと歩いてみるか
生まれてからいったい何歩歩いたんだろう？
人生が終わりを迎えたとき
一生分の歩数計には
何歩と記録されるだろう？
ひとりぼっちで歩いたとき
誰かと手をつないで歩いたとき
仲間たちと歩いたとき
笑いながら歩いたとき
泣きながら歩いたとき
怒りながら歩いたとき
歌いながら歩いたとき
急いで歩いたとき
ゆっくり歩いたとき

何度も立ち止まりながら歩いたとき
いろいろな歩き方で
いろいろな場所を歩いてきた
きっとこれからもそうするだろう
病気やけがで歩けなかった日々もある
車イスや杖がないとダメだったときもある
そんなときも心では歩いていた
しっかりと　ゆっくりと
一歩ずつ一歩ずつ
大地を踏みしめる感触を心で味わいながら
もし体がいうことをきかなくなって
寝たきりになったとしても
いつも前を向いて　歩き続けたい
生きているかぎり　前を向くしかできないから
どんなことが自分に起ころうとも
前進していることに変わりはないんだから

見えない線

地球の表面にいつのころからか
人間が線を引きはじめた
目には見えないけど
確かに存在する線
ここまでがこっちの分
そこからはそっちの分
強制的に引かれた線もある
線のこちら側とあちら側では
かなり考え方がちがっていたりする
こちら側ではいいことが
あちら側では悪いことだったりする
あちら側と比べたら
こちら側のほうが優れていると教えられることもある
線を越えるのにとても手間がかかることもある
無理に線を越えると命が奪われることもある
こちら側にいたいのに
あちら側に行かせられることもある

見えなくても線の力は絶大である
そんな線の上空を渡り鳥が越えてゆく
線の下の海底では魚たちが行き来する
春の到来を告げるため
蝶の群れが線の上を舞い踊る
地球に住みかを与えられた
無数の姿かたちの生き物たち
その中でたったひとつ人間だけが
地球に線を勝手に引いて
こちら側とあちら側で
にらみ合っていたりする

登り山　泰至（のぼりやま　やすし）

夏ニ生キル、午後ノ錯乱

定点は良いかなどと再三にわたってブリーフィングを
　しむける午後
大衆の動きを寸分の狂いもなく仔細にはかる
衝突音、私はコレが精神的に反感をおぼえた、生理的
　にもだ
靴音、うねる大渦に巻き込まれるアリスマティックの
　ＤＮＡ連鎖
セパレートされた大地母神の地肌にひりつく蒙気
気の早い秋風がじめつく貫頭衣のように不快感を与え
　る
夏の大気の蛇が渡っていく
するりと抜けて
熱波の頃合いを見て頂点から滑る

その足首、肉太はガリガリに痩せている
シャーベットの雪原を高低を無視した錯視による平坦
　下降
ゴシック風のドレスを翻るビル街に猥雑さは乱反射を
　きたし
肉感的な霊脈のうねりの底に洗練された足の運びが躍
　る
歪んだ噛み合せの前歯によって生じた口唇の傷の痛み
　に
堪えたまま眩しさに眼をすがめる
漸次的な蓄膿気味の鼻を擦りながら
私がこの街を歩けばさぞ良い女に登場できただろうに
心でそう思いながらキーボードを叩く
黒繻子の袴に身を包んだような
アプリコットの大衆はまだ眠り続けている
あとレイコンマ何秒で起こる事件への介入を許しても
　らえるだろうか
小狡く考える　約束の時間に
何十倍もの重みを加え
そういった錯乱はこの夏のリアルに許されるだろうか

と

シンデレラの蟇蛙

私たちは微温的なのかもしれない
そんな事をさらりと言うあなたに視線を当てることは
　できなかった
首筋に映える月光は青白い血管を浮き立たせ
私はどうしようもなく蟇蛙のように
汚いシーツをつかんだまま吼え立てていた
薄汚れた疣に銀色の背の女はあまりに存在の対比が鋭
　かった
世情の横溢の度合いも生くるものと死のものとを往来
　に失っていた
私たちは房室に横たわる隔壁によって遮られた
血の生みの囚人のようだった
失意に揉まれた院内の感染者を無機質な廊下が
突っぱねるようにして透き通り
肩の異常に出っ張った子供が
反平和的に顔を目を晴らして
脂臭い息を絶えず吐き出してくる
都市のどぶ泥の犠牲になった少年たちが
そこかしこに蔓延した棕櫚の葉の当たりから
光る眼をのぞかせてこう言う
一言、自分を呪う呪いの言を
らい病患者のように
世間を呪う真言を硝子で爪弾く
薄明の廊下を手を握り合って天女の衣のように
私たちがするっと流れると
死に体になった蟇蛙は醜く爛れた疣の下から
汚いだみ声でラヴなどと吐き出そうものなら
神のように居住まいを正した藪医師は肯んぜず
当医院では蟇蛙の患者は扱っておりません
そんなことまで言って突っぱねた
私たちは人間になれなかった蟇蛙の引合いであったの
　だ
興味本位に人間を剝奪されて棲家など追われた蟇蛙に
世情による配慮の色はもうなかった

美しく着飾る

私は美しく着飾って、本当に醜いものを見ようとしない
見ようとせず、ただ春の陽のなかに愛を見出す
それが愛だと勝手に決め込んで
真実の愛を何処にも探すことをしない
精神ではよく解っているはずなのに
怠惰にもそれをやらない
私は自らが美しくある姿を何よりももとめ
手前の幻想のためにいくつもの花を幻滅させてきた
私の視界に入る花だけを摘んで
視界に入らなかった花をそうだと思い込んで、見殺しにしてきた
世間の柵から外れることに恐懼して
自らへの迫害に脅威を抱いてきた
私は美しく着飾るだけで
あの泥まみれに傷だらけになったキリストにはなれない
非力な人間であるという誹りも受けよう
けれどもいつでもこうではない
襤褸切れひとつで奮起する意志は小さく熾っている
美しい粉飾の衣を捨る時期を待ち望む
けれども時代はあらゆる絡繰りを仕掛けてくる
それを見透かすにはまだ世情知に疎いなどと鼻で笑ってくる

落丁

空の書物には無数の落丁があった
抜け落ちた頁は鉄塔の尖端や丸裸の木に
引っ掛かっていたり
枯れ葉の下敷きになっていたり
晴朗なキャンパスに敷かれていたりして
なにもないところから
くすくすと聞こえてくる

咳

咳が出る
激しい夏の朝に挑むように咳が出る
咳は引っ込み思案な私とは違い赤裸で大気に出ていく
きのうの言い損ねた言葉の滓が
無理矢理にまた出ようとでもするように

硝子の小箱

愛することで悲しげな残響を聞くことが多くなった
書き物机の片隅に置いてある
擦り硝子の小箱の奥に封印したはずの細工物から
それは聞こえてくるのだ
それは女の右目の水晶体であったかも知れない
または半月を模したコサージュであるとも
余りに多すぎて記憶の域に止まらず引っ掛からずに
小箱はひび割れの筋を幾つも刻んでいる
聞こえた　先程とは違う響きで
乾いた鈍い音　強いて言えば重量を持った金属の林檎
　と檸檬がぶつかる音
また聞こえた　今度は drums の音
脈打つ心臓の音　潮騒の音
吹き荒ぶ風の音　窓を叩きつける雨音
虚しい昼を告げる siren の音　何かが大々的に崩落す
　る音
私の気を引き蓋を開けさせようと木端微塵にはじけ飛
　ぶ林檎と檸檬
もうそろそろ開けようと決心がついた私の眼の前で
小箱は大きすぎる波の音を轟かせた　その途切れ途切
　れの一瞬と残響
それで私はあなたが小箱の中で息絶えたと知った
小箱のひび割れた底から潮気を含んだ水が洩れだした
一艘の船底を埋めていた木片のように
絡まった女の髪が物騒な塊になって流れ出してきた

末松　努（すえまつ　つとむ）

あさひの行方

たったいま
朝が霞んだ
うつくしくもない心音に目覚め
水を含んだ素粒子が
わたしたちを息苦しくさせる
何も知らない
あさひがのぼる
はじまりとおわりはいつも
遠慮を知らない
慎ましやかな大地を
静かに笑う
おおらかな
あさひは
霞の消えた午前
今日と名付けて
木漏れ日の中へ
溶けて、逝く

蝶の舞い

黒揚羽の軌跡を
意志を消した眼に追わせたら
私はきみを
信じるために疑う
それは青空を塗り替えるためではなく
翅の色を落とすための
束の間の儀式に過ぎない
何があっても
見失わぬと誓い
舞い続けることを
ともに背負うに過ぎない

たったそれだけの
簡易な困難に過ぎない

stay hungry, stay foolish

-- side A
点を結び
線を描く
そこに
神が宿るのが
見える

誰の目にも確かな星座があれば
誰かの目にしか見えぬ星座もある
今夜が輝きを増すことを
誰が想像しただろう

星の下
手を繋ぎ
心を結ぶ人々の
声の温みは
そらに浮かぶ
常設展示の静寂を
微かに揺らし
そよぐ宇宙に
木霊する

-- side B
月明かりの下に
天使が宿る

微笑み
また微笑み
地上の点を結んでは
線を繋ぐ
誰かの幸せが
わたしの幸せなのだと
ひたすら微笑む

自らの手を
握ることを許さず
星の慰めを
彼方に乞う

包まれた空

窓越しの
薄明るい空へ
捧げる祈りに
嘘はあるのだろうか
不整脈のように乱れる
青年の感情の裏に浮かぶ葉脈が
饒舌に真実を語りはじめ
祈りのあとの空しさを
証明してしまう
空は寡黙に

世界を嘘に染めていく
目前に広がる誠実さを
彼の眼からすべからく消して
変わらない風景だけを
記憶に残そうとする
祈りが昇華して
夜が明けるのは
いつ

神の居場所

砂漠には
神が宿らないという
乾いた都にも
神はとどまれないのだろうか
あるいは
乾ききった泉には
何が遺るだろう

森は
水を讃えたことで
買い占められている
人は神より先に歩き
水を乾かしては
離れないはずの影を
追い抜いていく

ちぎられるちぎり

契りの素顔は
わたしたちの
紡ぎ合わせた糸を
固くすれば頑なに
緩くすれば許せない
怠惰しきった感情

約束を
ただやり過ごすために結うのなら
いっそ
破ってしまえ
罪深さすら忘れ
削除できなくなった歴史を
誰が欲しがる

波のように
風のように
とどまることないこの星から
揺れることのない紙飛行機を折り
宇宙へと飛ばしたなら
ここに居続けることが
約束となるのを
はてしなき地上から
たしかに見届けて

菊地　一葉（きくち　いちよう）

君

陽のぬくもりを
夜の優しさを
風の歌声を
花の囁きを
雨の祝福を
星の瞬きを
月の導きを

その一身に受け止める
君が素敵だったので

理由

ありがとうって言いたいから
何があっても生きていけるんだよ

意味

その手に触れたくて腕を伸ばし
その声が聴きたくて耳を澄まし
その言葉を刻みたくて瞳を閉じる
それ以上も以下も無い
始めからそれしか無い

約束

全ての言葉はいつか
二人にとって魔法になるだろう

誓い

あの日、眠りの傍らで、彼女が言った。

「だからどうか、誰か上手な嘘を吐いて。」

その時から彼は、聖なる嘘つきになり、
世界には甘い言葉が降るようになった。

この情景の美しさは、神様でも咎められない。

予感

ここが私にとっての聖域になるかも知れない
その時静かにそう思った

決意

プラスチックのような無機質な言葉で
これから羽ばたこうとする可能性たちを
簡単にカテゴライズさせはしない

真理

意思の自由を奪う憤りも
足元を掬う過ぎた喜びも
決意を錆び付かせる迷いも
言い聞かせの域を出ない覚悟も

なにひとつ無い
なにも無い

眼を閉じれば
空を飛べるほどに軽い
なにも望まずにいれば
全てが手に入るだろう

願い

とても弱いものを
大切に扱うように
ゆっくりと言葉を探す
君の心の在りようを
傍で眺めているのが
なにより尊い時間だった

世界は速く
待ってはくれず
僕らはいつも
出遅れたろう

それでもどうか
今も同じように
たった一つの言葉を探す君が
真っ直ぐに笑っていますように

愛

ロックンロールが反抗の音楽なら
この時代に鳴らされるべきは
I LOVE YOU. をおいてほかに無い

愛について

愛を定義付ければ

人は優しくもなれるし
愛を大儀にすれば
人は残酷にもなれる

邂逅

無為に与えられた　星の数ほどの点
ありふれた想像力が　天と地を創造し
馳せられた想いが　過去と未来を繋ぐ
迷いと覚悟とが　座標を記し
無数の点が　無限の線となる
無償の愛によって　それらは円を描き
人は初めて　星の上に立つ
焦がれた楽園は　今ここに在る

君が立つべき舞台は
君が立つその場所だ

君に会いに征く

確かに声が聴こえていて
確かにぬくもりが在って
確かに影が伸びて
確かに残り香が在った

不確かな実在を夢視て
まだ視ぬ君に会いに征く

神崎　盛隆（かんざき　せいりゅう）

はじまりの音

はじまりの「音」
　空に輝く月のひかり
　　白い紙を照らし
私はペンを握り
　インクを落として
　　言の葉を紡ぐ
綴られた言の葉
　詠うはこころの中の「きみ」――
「さぁ、はじめよう。君に捧ぐ物語を・・・」

私の王子さま

ねぇ、目を開けて
　　　私の王子さま
ねぇ、ずっと寝てないで・・・目を開けて
あなたの青くて澄んだ瞳に、私を映して
　あなたの優しい声と愛撫で
　　今宵もあの天の国へ一緒に逝かせて・・・
ねぇ、愛しの王子さま
　もう何度も熱い接吻をしても
　　けして起きてはくれない
あなたの冷たくて硬くなった肌に身を寄せて
　聞こえない鼓動に耳をすませて
　　乱れる吐息が・・・早くなっていく
　　　――ガチャン
あっ・・・

想い

～ヒトノ心ハ 不思議ナコトバカリ
強イ想イハ心ヲ浸蝕シ、時ニ壊レテシマウ～

大好きよ、心が壊れるほどに
愛しているわ、私が壊れるほどに
貴方の事が頭から離れない
ずっと、ずっと・・・
あぁ、まるで私・・・
危ない薬を飲んでしまったみたい
貴方の声が聴こえる
その度に身体が震えて
言葉が心の中を駆け巡っては
気持ちが飛んで逝ってしまうわ
「ねぇ、貴方は私のこと――――」
私の心は貴方に染まっていく
けれど貴方の心は
ぼんやりと霞んでみえる・・・

あぁ、甦ってくるわ
楽しかった貴方との時間の記憶が
強く抱きしめてくれた時の
貴方のぬくもりと
甘い香水の薫りと
囁いてくれた言葉たち――――
あぁ、どうして涙が流れるの？
どうしてこんなに苦しくて
涙が止まらないの・・・
どうして――――

――――目の前にいる貴方
今宵もやさしく、私に微笑んで
抱き寄せて、囁く

「おかえりなさいませ、お嬢様」

なみだ

一滴の雫
　あなたの肌に落ちて
　　小さな粒となって
　　　弾ける
白くて綺麗な肌の上を
　幾つもの粒　散らばって
　　私はそっと
　　　ハンカチで拭いてあげるの
また一滴
　あなたの頬から落ちて
今度は私の肌の上で
　　弾けて
　　　散らばって
また一滴　一滴
　私の肌の上に落ちて
　弾けて　散らばって　まとまって
　　私の中へと染み込むの

あなたの悲しみが私の中へ入っていくように
あなたの苦しみが私の中でも広がっていくように
　私はあなたの落とす雫を受け止めて
　　　感じるの
　私の胸のなかで泣く貴方・・・
　　もうあなたは独りじゃないわ
ずっとあなたの傍に私がいて
　悲しみも
　　苦しみも
　　　お互いに半分にして
　感じあって　一緒に乗り越えてゆくのよ
・・・だからお願い
あなただけですべてを背負わないで・・・
　　私にも半分　委ねさせて――

赤いしずく

ぽつり…
ぽつり…
ぽつり…
落ちるの 赤いしずく，
ぽつり…
ぽつり…
ぽつり…
落ちるの わたしのココロから，
ぽつ…
ぽつ…
ぽっ…
落ちるものはなに?
わたしのココロから
絶えなく落ちていく
赤いしずく，

「あぁ…
擦れていくわ…
わたしのセカイが…」
ぽと…
ぽと…
ぽっぽと…
ぽと…
ひろがっていく
わたしのココロ…
赤い赤い、わたしの——，
ぽと…
ぽつり…
ぽ…
………
……
…

九十現音（くじゅうあらと）

Ｕｌｔｒａ Ｂｌｕｅ，Ｂｌｕｅ，Ｂｌｕｅ

彼処に居るのはファム・ファタールだ．ファム・ファタールだ，
夢は潰えた．

あ、Ａｈ．放射性物質を吸い過ぎた．

ママン，僕は酷い肺炎に罹っているのさ．

今迄何度もおもった．

なんで僕は決まってクイニーアマンをひとかけら食べ残す．マネー，マネー，マネー．僕の体重は厚底ブーツの底よりも軽い．全てが嘘のようにサラサラとして軽い．


メモ用紙が風の向こうへ飛んで行く．

ｅｎｃｈａｎｔＭｏｏｎが星の向こうへ飛んで行く．飛んで行く．

僕にはＪａｖａＳｃｒｉｐｔを書くことが出来ない．

僕には立原道造のような詩を書くことが出来ない．

あ、哀しいね．

僕は君に世界の価値を保証することが出来ない．

それでも――．　僕の親指の潰れた爪に誓い、君に伝えよう．

世界は良くも悪くもなりはしないさ，きっと．

懐かしい未来がすぐ其処に迫る．二十一世紀に華原朋美が『Ｉ・ｍ Ｐｒｏｕｄ』を唄うなんてねえ……

彼処に居るのはファム・ファタールだ．ファム・ファタールだ，
Ｌｏｎｅｌｙ，日常生活にＰＣは欠かせない．ブルー・ライトが僕の身体をますます透明にしていくよ．

ラヴ／レター

絞り染めのＵｌｔｒａ ＢｌｕｅからＳｉｘｔｙＴｅｎリットルの川の流れ，或いはペプシネックスが滴り落ちる時，
ポストモダニズムにおいて満月に暮らす前田敦子は対象ａであり奇跡的な剰余価値であるからにして透明な一角獣は荒野を駆ける
つまり東京暮らしはAndroidを手にしたワイルドライフ・アナライズでありあらかじめ叶うことの無いボーイ・ミーツ・ガール．ベイビベイビ，真っ白な郵便局から届く源泉徴収票を見れば全てのバカバカしさに気付くことは簡単だし真っ白な郵便局から届く悲しい彼女からのラヴ・レターは心に響くこともなく灰になるだろう？
裏返したカードがＷｉｎｄｏｗｓ ７を立ち上げて鎮静化した新宿区の雑居ビル火災のような大きな太陽が空に昇りエクレアを口に挟んだカラスが飛ぶ．
事実僕たちはｍｉｘｉに飽きている．
事実僕たちはｆａｃｅｂｏｏｋに飽きている．
穴の開いたチーズのようなニュース・ソースにアクセスして表面をすりおろして消費していくことに飽きている．
男性性の象徴としてのウルトラマンも男性性の象徴としての総理大臣も男性性の象徴としてのテレビ番組の司会者も浜辺から後退を始めているし，
やがて彼等が片足の老犬に変身し
つまらない年金受給者として
つまらないみかんを食べて
若い女をレイプすることは自明なことであるように思える．

あらかじめ壊れた都立高校
あらかじめ壊れたタワーレコード
あらかじめ壊れた夫婦生活
あらかじめ壊れた夢
あらかじめ壊れた子どもたち
ベイビベイビ，ポルノグラフィティのサイン入りＣＤを百一枚買い集めたところでそれは何一つ夢を叶えて、

はくれないよ．
イングリッシュ・マフィンとカリカリに焼いたベーコンの間に板挟みになり
僕たちはビットコインと身分証明書に辛うじて存在証明を与えられたような気がしてほほ笑んでいる．だがどうせそのことにもすぐ飽きてしまうよ．断念した欲望が君を震え上がらせ，君を衰弱させ，クレジット・カードの夢がハイテンションな明石家さんまを伴い心の哀しみを引き起こす．

ポニーテールの枝毛は肌寒い晩春の風に揺れ黄色に染まり始める．ぐるぐると回り始める心臓はライク・ア・メリー・ゴー・ラウンド．事実かつて僕たちは僕たちの踊りを踊ることが出来たのだから，アフリカ大陸のブナの軽快なパーカッションは僕には僕の，貴方には貴方の踊りを踊らせるであろう．絞り染めのＵｌｔｒａ Ｂｌｕｅ，絞り染めのＵｌｔｒａ Ｂｌｕｅ……ぎゅっと圧縮されたハイパーテキストは坂の上から水晶の塊を指の腹で海に落とし無垢な赤ん坊は狂喜乱舞する．


ポストモダニズムにおいて満月に暮らす前田敦子は対象ａであり奇跡的な剰余価値であるからにして透明な一角獣は荒野を駆ける．

つまり東京暮らしはＡｎｄｒｏｉｄを手にしたワイルドライフ・アナライズでありあらかじめ叶うことの無いボーイ・ミーツ・ガール．

ウェルメイドな女．

ウェルメイドな男．

ドットストリーム

ＶＩＳＩＯＮＡＲＹ ＣＯＭＰＡＮＹはユメのなかへＳＡＹＯＮＡＲＡ：ＳＡＹＯＮＡＲＡだからミナきいてほしいキミだけのＣＯＬＯＲキミだけのＰＡＮＴＯＮＥヒカリエからあふれだすシステマチックなひかり１ＳＥＣＯＮＤのトキメキとＥＡＲＴＨＱＵＡＫＥかっさらっていくよねうわずみとうすいまくをラブリービジネスマンは――ちいさなオンナノコもオトコ

ノコもその1PARTであることはあたりまえで
てんてんとどこかにのこるかつてキミがいきていたあ
かし
あかしとあかしがわずかにかさなりあう
DOTとDOTがかすかにかさなりあう
もうどこにもプテラノドンもステゴザウルスもいない
トーキョーになげだされたタブレット
CONNECTING THE DOTS
CONNECTING THE DOTS
ベースボールプレイヤーはバラバラのこころをふわり
とつなげ
AKB48はバラバラのこころをさらりとつなげ
LEDのうえでちかづくこともとおざかることもない
DOTがたちつくす——みえるだろう?TIMELI
NEとNEWSFEEDがTHE TIMES THE
Y ARE CHANGIN
DOTはさらにこまかなDOTにわかれていく
DOT はねむるネコをナイフでさす——そのころには
もうアイドルポップスはきこえないしステージのライ
トはきえている
ヒカリエからあふれだすシステマチックなひかり1S
ECONDのトキメキとEARTHQUAKE

グッド・バイ

詩は貴方のノンシリコン・シャンプーであり、リンス
である.
詩は貴方のドライヤーである.
詩はDesign Tshirts Store gra
niphのTシャツであり、GAP のカーディガンで
ある
詩はパンである.
詩は twitter であり、はてなブックマークである.
詩は電通の陰謀であり、いまも続くスターリニズムの
隠喩であり、アベノミクスに寄与する装置である.
貴方はこの詩を読んだことを忘れてしまうだろう.
グッドバイ.

前塚　博之（まえづか　ひろゆき）

1991・8・30（20才のときの詩）

人が不幸なのは
　誰のせいでもなく　不幸だと思い込んでいるその人
　自身のせいだ　と誰かが言った
人が見て不幸な境遇にある人が幸福なのは
　その人が自分を不幸だと思ってないからだと誰かが
　言った
自分が不幸だと思っているのはただ自分がそうだと思
い込んで　自分で自分を不幸にしているからなんだろ
うか
自分が幸福だと考えるなら
　幸福に生活できるんだろうか
自分
自分の弱さ
弱さに負けた自分
不幸な境遇に自分を置いているだけだろうか
ああ、自分がもっと強かったなら
自分自身に打ち負かされず　自分自身に真っ向から立
ち向かえる自分なら

1995・5・17（24才のときの詩）

幸せって何だろう
人は何の為に生きているんだろう
人と人はすれ違い
人の思いは言葉になる
言の葉は風になる
風は大気になり地球を包み込む
地球は命を育み
命は燃える
人は出会い別れる

その繰り返し
らせんを描く大輪の花

1991・1・17（20才のときの詩）

戦争が始まった
生きているうちにこのような事態を経験するとは思わ
　なかった
この戦争がどんどん大きくなったらどうなるんだろう
このまま戦争が長引くなら物価が高くなるだろう
もしかすると自衛隊が参戦することになるかもしれな
い
徴兵令が出るかもしれない
決して信仰を曲げたくない
戦争なんか参加したくない

1995・6・18（24才のときの詩）

俺の人生は何なのだろう
俺は何をしてきただろう
何を残せただろう
こんな生き方で後悔はないだろうか
満足できるだろうか
何も成していないのではなかろうか
いくら憧れてもなれないものにはなれない
できないことはできない
幸せにはなれない
なれないものにはなれない
何もかもを捨て去ってやり直そうと思ってもやっぱり
無理なものは無理
幸せなんて訪れない
人生なんてそんなものだ
無駄に時間だけが過ぎていく
無為に時だけが過ぎていく
無常に
無情に

ただひたすら進んでゆく
幽鬼のごとくただひたすらに

残酷に
人は抗えない
形あるものは抗えない
でも自分を傷つけられるのは自分だけ
誰も心まで自由にできない
心まで他人の自由にさせない
俺は俺の道をゆく
我が道を往く
ただ前に前に進むのみ
後退は許されない
誰も追いつけない
誰も止められない
誰にも心を渡さない
誰にも心を許さない
氷のように冷静に
蛇のように狡猾に
科人《とがびと》のように無感覚に
炎のように熱く激しく
ただひたすら
ただひたすら歩く

セッキー

孤独の街

月の光で　ぼんやり光る
都会のオブラートに包まれている
この街　ぜんぶ　君にあげるよ
アスファルトでつくられた
一面的な秩序は
僕の世界の　ボーダーライン

孤独の街へと　誘う風は
君のハートからの　綿毛を運んだ
よろこびの雨が　降りますように
僕の街に君の　花が咲く日まで

いつも見ていた夕日に
虹がかかる瞬間に
僕の心はとろけて崩れ　愛を感じた

アスファルトに輝いた
涙のしずく集めて
僕の世界は　君とひとつに

孤独の街から　伸びる道は
君の夢の中へ　手紙を届けた
たくさんの星が　見えますように
僕と君の祈り　叶えられるまで

いっそ雨なら

午後の陽だまり　暖かくて涙が出そう
そのやさしさで　勇気づける
でもまるで　Illusion

いつものこの街　ききなれた　ざわめき
どうして私をおいて　遠くへ行ってしまうのか
Sunlight so tender has stoped my time distant from
the world

ひとりで生きられるくらい強くなりたくて
靴音を鳴らしても　青空に消えてく

いっそ雨なら
If the sky cried with me
誰に恥じることなく　思い切り泣けるのに

いっそ雨なら
If everything washed away.
つめたいリアリティを感じても
きっと救われるのに

悲しいことも　嬉しいはずのことも
通りすぎてく　音もたてず
感じられないまま

消えてしまいそう　あなたへと続く道
私の毎日　そして未来　かすんで立ち尽くしてる

I am not sure anymore, I don't know what to do

自分ばかりを責めて
認められたいのに　失敗を恐れて　歩き出せなかった

いっそ雨なら
If I could feel more real
怖いことも自然だと　気づいて踏み出せる

いっそ雨なら
If I cried in the pain
本気で怒って叫んで　きっとやっていけるよ

ミント

すてきな地球に　僕らは生まれた
生まれては消えてく　尊きいのちよ
まぶしいくらいに　広がる大地よ

夢と恋のかけら　カクテルに変えて
魔法をかけたら　全部飲みほそう
勇気を信じて　巻きおこせフィーバー

山岳　渓谷　一緒にハイク
オープンカーだけが恋じゃない

妖精になって踊れ
この楽園でナチュラルトリップ
針の穴ほどしか見えない　未来に向かって
ハヴァ　ナイス　トラップ

そびえ立つもの　人間の叡知
見えない夢まで　奪い去らないで
フルーティーメロディ　たどって歩いてく

虹のけむり玉に　巻かれた僕は
大切なあなたを　見失いそうだよ
ミントが香るように　あなたを感じたい

草原　海原　一緒にトラベル
ベッドインだけが愛じゃない

妖精になって踊れ
地上と空と　ステージ　トゥ　ステージ
幻も現実のうち　二人の夢は
ステップ　バイ　ステップ

空

目を細めて　空を見たら
三日月型のマシュマロ　白い綿菓子

青いヴェールの　その向こうには
きらきら光る星たち　きっと棲んでる

見えるものが見えなくて　見えないものが見える
太陽はまぶしすぎて　僕の目にはうつらない

いつも君の瞳は　透明な曇りガラス
ニュートンリングの虫メガネ

ふと目を閉じた瞬間
真実は　体で感じる温かさと
影ほうし

目覚めてすぐの　外の景色は
焦げた朝日　焼きりんご　抹茶の木立

とばり開けて　始まる舞台
一日過ぎて　今日も　茶番活劇

追えば逃げる逃げれば追う　この世はイタチとキツネ
ライオンは大きすぎて　僕の部屋に入らない

いつも君の視線は　モノクロの幸せ追いかけ
監視カメラの赤外線

ふと目を閉じた瞬間
真実は　心で感じる熱い想いと
広い空

…………………

いつも君の鼻毛は　ひとり淋しく落ちてく
ヒュルリヒュルヒュル　ひらひら

僕は役に立ったの？
鼻毛はたった一人で　哲学をはじめる

V

井上　優（いのうえ　ゆう）

ネット詩人へのソネット

病院のベッドの中で君を待っている
僕の心音だけでは足りず
君の鼓動だけでも足りないはずだから
僕らには深い海と　まだ若い祈りの森が必要なんだ

＊

深い恐怖の森の夜を　重ね重ねた君ならば
地球の臓腑はもう腐っている　そう知っているはず
けれども心音は　刻み続けられる
〔心臓にさわれ　やわらかな手で〕

＊

祈りの森にはまだ蜜が湧き　それが海の鼓動
耳を澄まして　心の内を聴こう
太古からの祈りの残響を　波音として

＊

詩人の指先は　心をつまびく為にあるのではない
『ペンよ翼を持て！』と囁き　鼓動は灯火となれ
〔心臓にさわれ　やわらかな手で〕

詩　作
貴女のなかの小鳥が　トクンと言った
あなたの手をはじめて握ったとき

明日が始まるとき

夕焼けで　街が絵本に色づく頃
オレンジ色の雲は　早足で仕事をしていて
明日を果実にしようと　忙しい

日給七千円で
ワーキング・プアーをやっている僕は
手に夕日で熟れた金貨はないけれど
ふと　夕焼けが運んできた
絵本を　手にする
そして
「遠くまで行くんだ」と
君につぶやく

*

星空がやって来て
やがて宇宙が　呼吸をはじめ
やっとそこで　本当の呼吸が始まる

☆

無重力に解き放たれ
膝を抱えて　月の軌道を
クルクルと回転しながら
メルクリウスの碧い金属の涙を流す
決して凍らない涙

自分の涙のために
舌の剣で　屈辱を組織するのではなく

明日のために
出来ることを探そう
（愛を組織しなければならない）

＊

『あの頃は　僕らが夏だった』
そう言える　日々のために

卵

街角に　無数にある天使像たち
広場の中心に　大きく建てられ
ショウウィンドウの中
ナイフの隣に光り
路地に置き去りにされ
庭先にたたずみ
ときに少女の持つ　テディベア

和やかな一つの感情が壊れるとき
天使の一つが壊れる

悲しみが鐘の音になり
響く街
住人たちは毎朝
レプリカの天使像を　また建てる
かじかんだ手で

五月雨で　白い表面が崩れてゆく
天使像が　右にならえのポーズをする

この街で　無数の感情が
一つの思想に結ばれるのは
いつの日だろう

スイヒ・カショウを経ない
硫酸カルシウムの天使像たち

蜜

本当の夢を見なければ
人間は生きて行けません

そうでないと
人間が産まれたときに
持っていたはずの
なにか重要な臓器を
無くしてしまうようです

普通の大人は大切な臓器が　一つ足りないのです

重要な臓器って、人それぞれでしょう
それはもしかしたら　翼という器官かもしれません

ぼくはその臓器は　鮮血を吹き上げる
熱い鼓動をする　臓器だと思っています

人を愛する　魂の臓器です

詩

「詩とはなんだい？　」
「・・・。」

高い高い樹なんだ
美しい樹なんだ
空の小鳥をやすらわせる

そして今も　心臓から
樹液を流し続けている

佐相　憲一（さそう　けんいち）

いない　いない　ばあ

わかってるんだ
目の前に
いる　ってこと
わかってるから
しばし
いなくなる
見つめてほしいから

いない　いない

顔が
ほぐれてくるんだ

ばあ

突然
目と目を合わすんだ

いない　いない
されて
うれしいんだ
相手が
この自分の
気を引こうとしてるのが

そうやって
お互いに
深まってゆくんだ

時には
ばあ　の顔が
泣いてることもあるんだ
寒さに　こわばって
いない　いない　の声が
震えることもあるんだ

そんな時はね
ばあ　される方が
いるよ　いるよ
するんだ

いない　いない
いるよ　いるよ
ばあ
ばあ

すると　急に
赤道が近くなるんだ
〝たいこ〟の音が　こだまするんだ

いない　いない　ばあ

大切なんだ
怠ると
いつの間にか
ばあ　が
響かなくなって
本当に
いない　いない
に　なっちゃうんだ

いつも
確かめあいたいね

いない　いない　ばあ
いない　いない　ばあ

＊詩集『愛、ゴマフアザラ詩』より

贈りもの

水平線を見つめていると
太陽に地球の頬がはにかんで
波うつ顔がもう真っ赤だ

さよならなんかじゃない
これから炎は海の向こうへ愛撫を続けて
明日のこの時間にまたここで
夕焼けランデブー

〈赤いくれよんの時間だ〉と　かつての私
〈究極の星のラブシーンだ〉と　いまの私

振り向けば
月が友の目で見守っている
水　金　地　火　木　土　・・・
博愛の太陽だが
どうやら恋びとは第三惑星
命のプレゼントがものすごい

たとえばこの私の存在
（哺乳類のサルの一種のヒトと申します）
ゴマフアザラシ　アフリカゾウ　シマリス
あじさい　りんどう　ひまわり　ひがんばな
水　土　酸素　光　プランクトン　・・・

飛行機が夕空に飛んでいく
旅ビトたちだ

（過労でなければいいのだが・・・）
この発明も鳥に学んだ憧れならいい
あれは確かに戦闘機ではないから

そっとしておいてあげないか
この宇宙の恋を

＊詩集『心臓の星』より

夏の匂い

夕立の後の銀色の風
空に青の復活
秋のリハーサルのようなふいの時間だ
半袖の乗客が降りては乗って
夏休みのこどもたちが親を質問攻めにして
駅前通りを見渡す八月の夕暮れ
ぼくはホームに立ち止まる

お盆、終戦、うちわ、花火、すいか、入道雲
過ぎていく季節の匂いは濃厚だ

西の空の地平線の向こうにまた旅をしたくなる

ニュースは隣国との外交対立を伝える
この善良そうな通行人たちの心にも
戦闘機が飛んでいるのだろうか

銀色の風が夜空ににじんでいくまちで
ぼくは改札を出る

こないだ恋人と隣の国の料理を食べた
はじめて本格的に食べた彼女はおいしいと言った
その前は別の隣国の料理を食べた
西方からの七百万年の血液の旅が
たまたまぼくを日本人にして
たまたま彼女を日本人にした
真っ赤に朝焼ける豆腐チゲに銀のスプーン
真っ赤に夕焼けるエビチリにジャスミン茶
こんなおいしいものをつくる人たちと戦争は嫌だ

彼女とぼくは昆虫や動物の話をする
セミ、アゲハ、バッタ、クワガタ、カブトムシ
蛙、アヒル、鳩、カモメ、猫、アザラシ
国籍をもたないものばかりだ

かなしみばかりの世の中に
風鈴が揺れて
願いが秋へと回転していく

＊詩集『時代の波止場』より

執筆者プロフィール

執筆者プロフィール（五十音順）

青柳 宇井郎（あおやぎ ういろう）114ページ
山梨生まれ。TV・映画の製作現場を経て円谷プロ初代FC事務局長となり、退社後、メディア関係の企画、構成、脚本、演出を手がける。書籍は『ウルトラマン99の謎』を始めとするムック関係が多い。近年はゲーム関係や若いタレントの育成を行っている。

亜久津 歩（あくつ あゆむ）88ページ
一九八一年、東京生まれ。埼玉県在住。第一詩集『世界が君に死を赦すから』。第二詩集『いのちづなうちなる〝自死者〟と生きる』で第一回萩原朔太郎記念「とをるもう」賞受賞。Poe-Zine「CMYK」発行人、詩誌「権力の犬」同人。ツイッターアカウント「@ayusuke_」、フェイスブック「亜久津歩」。

吾事（あず）58ページ
私は、人の考えや体験を求めて本を読んだり音楽を聴いています。自分の中にない物は外へは出すことができません。けれど、多少なりとも知ろうと入れることはできると思います。私の詩という私の欠片が、それを見て考えた誰かの欠片になれば幸いです。

阿部 一治（あべ かずはる）54ページ
一九四八年生れ。宮城県仙台市在住。十七歳より不純な動機で詩を書き始め現在にいたる。詩はネット上で発表しているだけ。趣味は音楽（ロック中心）を聴くこととCDを集めること。読書（何でも）。好きな詩人は鮎川信夫。血液型B型。かに座。以上。

糸川 草一郎（いとかわ そういちろう）44ページ
一九六一年、静岡県富士宮市生まれ。十八歳から詩を書き始め、一九九七年私家版詩集「星月夜」刊行。一九九八年頃からやなせ・たかし責任編集の雑誌「詩とメルヘン」に詩の投稿を始め、以後二〇〇三年夏の休刊まで計十一回掲載。詩人・工藤一麦主宰の結社「雲と麦」に在籍（同人）。二〇〇四年退会。

井上 優（いのうえ ゆう）178ページ
一九七〇年、群馬県前橋市生まれ。カトリックのクリスチャン。日本現代詩人会、日本詩人クラブ、日本児童文学者協会、各会員。九条の会詩人の輪世話人。医療ライターとしても活動。詩集『生まれくる季節のために』『厚い手のひら』。検索は「井上優詩人」で。HP、ブログ、ツイッター、動画、他が見られます。

いるか 20ページ
一九七四年生まれ。香川県観音寺市出身。東京都杉並区在住。詩を書き始めたのは高校時代。中原中也を愛読する。その後、詩作から遠ざかる。mixiなどのSNSをするうちにいつの間にか詩を再開し、詩のコミュニティで詩の勉強をする。読む詩の九割はインターネット。現在はmixiに日記として詩を投稿している。

植田 潤平（うえだ じゅんぺい）50ページ
一九七二年、鳥取県西伯郡に生まれる。幼年の頃より自然にふれる機会が多く、生命の不思議を感じながら青年期まで過ごす。元来の空想的な性格がこうじて小説など読みふける一方、科学への関心を捨てきれず一九八七年、松江工業高等専門学校に入学。学業を終えてから地元に根を下ろし、詩作を楽しむ。

上原 健太（うえはら けんた）106ページ
神奈川県出身、劇団扉座に所属。過去の出演作・【舞台】サクラ大戦歌謡ショウ、劇EXILE影武者独眼竜、スーパーミュージカル聖闘士星矢、他多数、【声優】家庭教師ヒットマン・リ・ボーン、るろうに剣心、天外魔境ZIRIA、他。

大村 浩一（おおむら こういち）72ページ
一九六一年十二月二十四日静岡市生まれ。一九八八年末からニフティで活動。奥主榮の「T-THEATER」、片野晃司の「現代詩フォーラム」に参加。二〇〇九年から岡部淳太郎の「反射熱」同人。二〇一一年から静岡市在住。

沖野 真也（おきの まや）134ページ
オフィスヤマジャム所属。声優朗読ユニット「こときゅう」メンバー。
Twitter @ sikanoyome

川端 真千子（かわばた まちこ）40ページ
一九八七年（昭六十二）、東京生まれ。二〇一一年大妻女子大学卒業。二〇一三年より詩誌COAL SACKにて詩の掲載を開始。詩作の他、舞台脚本、演出など活動。二〇一〇年、劇団ムケイカク「真夏の夜の夢」設立。

神崎 盛隆（かんざき せいりゅう）160ページ
「私」と「心にいるわたし」とで、自由に執筆しています。ひとつでも、あなた様の心に言葉が残れば幸いです。mixiID「12638246」 Brog「名のなき場所」
http://ameblo.jp/kamimiya2/

菊地 一葉（きくち いちよう）156ページ
ブログに詩やコラムを書いています。Twitterアカウント「PoemFighter」、アカウント名「戦う詩人」、フォロー宜しくお願いします。ご感想いただけましたら幸いです。

木島 章（きじま あきら）80ページ
一九六二年、横浜に生まれる。学生時代、現代美術を専攻するかたわら詩作を始めるも、社会人になって数年で中断。コピーライターとして広告制作に従事する。四十代も半ばを過ぎたころ、なぜか詩作を再開し現在にいたる。紙媒体と並行してネットやブログで作品を発表するもののＩＴの知識は極めて乏しい。

北原 亜稀人（きたはら あきと）36ページ
具体的に僕が何処の誰でどんな人間かは秘密です！気になる人は（いないでしょう……）名前で検索してください。詩を書く事は僕にとってはメンテナンスみたいなもの。定期的に必要な行為だから、また何処かでお読みいただく機会もあるかもしれません。どうもありがとうございました。

九十現音（くじゅうあらと）164ページ
『CRUNCH MAGAZINE』『note』『Soundcloud』、純文学同人サイト『一角』にて純文学、詩、ポエトリー・リーディングの分野で活動中。執筆に使う端末はノートパソコン、iPhone、ゲームボーイ。音源制作の際にはVoiceroid、Tenori-on等。

佐相　憲一（さそう けんいち）182ページ
一九六八年、横浜生まれ。京都、大阪などを経て東京在住。詩人・評論家・編集者。詩歴は約三十年。詩集『愛、ゴマフアザラ詩』（小熊秀雄賞）、『心臓の星』『港』『時代の波止場』ほか。詩論集『21世紀の詩想の港』。詩の団体や詩誌などに多数参加。全国のさまざまな詩運動に関わっている。インターネットでの交流も多い。

佐藤　未帆（さとう みほ）102ページ
ラジオパーソナリティや役者として活動しています。二〇一四年二月十日にGFエンタープライズより、音楽CD・佐藤未帆「光」が発売されました。
TSUTAYA の URL　http://s.tsutaya.co.jp/works/20530505.html
グリーで公式ブログやっています。

紫堂　閑奈（しどう かんな）130ページ
オフィスヤマジャム所属。声優朗読ユニット「こときゅう」メンバー。ブログ「かんな日和」　http://ameblo.jp/kanna-s-0229/
Twitter　@kanna_0229

洲　史（しま ふみひと）92ページ
一九五一年新潟県東頸城郡安塚町で生まれ高校まで過ごす。現在は横浜市で暮らし、学校事務職員として働く。詩人会議、横浜詩人会議会員。詩集「学校の事務室にはアリスがいる」（二〇一一年）。
高校の時、教科書で「さんたんたる鮟鱇」（村野四郎）を読んで詩を書き始めた。

末松 努（すえまつ つとむ）152ページ
一九七三年福岡県生まれ。大学在学中、ケストナーの「都会人のための夜の処方箋」に感銘を受けて詩を書き始める。近年は、Twitter連詩企画のポエティックワンダーや、詩誌「コールサック」「権力の犬」に参加。福岡県中間市在住。

すずき じゅん 118ページ
鈴木淳。一九六二年一月二十九日生まれ、宮城県出身。二十一歳芸能界に入る。平成元年CDデビュー。テレビ、ラジオ番組司会を始め、俳優としても活動、さらにテレビ制作に興味を持ち、演出、カメラ、放送作家と活動の場を拡大。新人養成にも力を注ぐ。頑張る人応援放送局、しながわてれび放送を運営。

セッキー 172ページ
「ただ二十年生きただけなのに、ハタチになってしまった。」と呟いた若い日。当時の瑞々しい感性は、今どこに。「真実とはふわふわしたもの」それが真実かどうかはふわふわだが、関口なにがしの思春期の魂は帰らぬ過去でなく、きっと宙にふわふわ漂う。そいつに人格を与えるべく、当時のあだ名、セッキーをペンネームとした。

中道 侶陽（なかみち ろう）64ページ
四字熟語が好きです。中でも「疾風迅雷」や「快刀乱麻」といった速さを思わせるものに惹かれます。とかく人生は焦るなと言われますが、僕はいつだって焦っています。そして結果、何も生み出せていません。しかし僕は焦り続けるでしょう。何かを残すことより先を示すために生き続けていきたい。

登り山 泰至（のぼりやま やすし）148ページ
一九八二年生まれ。詩誌『新現代詩』、『PO』、『コールサック』、『狼』に参加。小説、舞台俳優、映画の脚本制作、写真家としても写真展に参加するなどの活動を行っています。著書は小説『背筋も凍る怖い話（Nプレスモバイル文庫）』（Nプレスモバイル文庫）、アンソロジー風第XI詩集（竹林館：詩を朗読する詩人の会発行）。

羽島 貝（はじま かい）96ページ
一九七三年、東京生まれ。詩集『鉛の心臓』（新鋭こころシリーズ・コールサック社）。
Blog「しのしょうにんのうたうた。」
http://shinoshounin.blog.fc2.com

羽角 彩（はすみ あや）138ページ
オフィスヤマジャム所属。声優朗読ユニット「こときゅう」メンバー。
Twitter @hasumindy

はにおか ゆきこ 110ページ
埼玉県生まれ。声優、ナレーター。出演作品アニメ「夢のクレヨン王国」プーニャ役、「おジャ魔女ドレミシリーズ」マジョピー役、「エア・ギア」野山野白梅役、等。インターネットラジオ「埴岡由紀子のハニハニLAND」にて十年前より詩を朗読しながら発表している。URLhttp://www.e-radiosite.com/

原 詩夏至（はら しげし）84ページ
例えばTwitterを「一四〇字の定型詩」と考えてみろ。俺たちはその制約の中に、ありったけの夢と希望、怒りと悲しみをぶち込み、「作品」として「世界」に送り出す。「動物園」で有料で展示される珍獣だけが「プロの動物＝詩人」か?笑かすな!むしろ、鼠かゴキブリのように、「隙間」を矢のように突っ走れ！（以上本文一四〇字）

平井 達也（ひらい たつや）68ページ
一九六四年愛知県生まれ。「潮流詩派」所属。二〇一一年第一詩集『東京暮らし』（コールサック社）。共編著に『グローバリゼーション再審』（時潮社）。

星野 博（ほしの ひろし）144ページ
一九六三年福島県に生まれ、東京都で育つ。約二百本のテレビドラマ、映画にエキストラ出演の経験あり。二〇〇八年交通事故で十日間意識不明となるが生還。詩の投稿は今回が初めて。好きな詩人はトマス・ハーディ。

前塚 博之（まえづか ひろゆき）168ページ
一九七〇年生まれ。府立藤井寺高校卒業。家電製品の販売業を十年経験。郵便配達を三年経験。鬱病を発症し、労働できなくなり、現在は療養中。日本基督教団所属のクリスチャン。mixiやアメブロなどでブログや詩などを公開しています。慎ましく清貧に暮らしています。

みゅう 122ページ
オフィスヤマジャム所属。ライブアイドル。福井県出身。A型。やぎ座。
ツイッター @rekanoshuto13 ブログ「みゅうのブログ」http://ameblo.jp/inukoro13/

望戸 智恵美（もうこ ちえみ）126ページ
オフィスヤマジャム所属。声優朗読ユニット「ことをきゅう」メンバー。
Twitter @mochiko829

ユーカラ 16ページ
自分を素直に出して生きていけたら、と思うこの頃。難しいことは分かりません。唯、心の赴くままに言葉を綴っています。
少しでも、誰かの心を震わせることが出来れば幸いです。

游月 昭（ゆうげつ あきら）24ページ
父の大病が見つかった後、ネット世界に入りました。間もなく、あるサイトに試しに書いたものを投稿した事を期に、詩にハマりました。直に詩歴二年になります。父につくられた私の、その中にある世界を表現しようと思ったのですが、潜れば潜る程広がる世界に度々戸惑いながらも、死ぬまで書き続けるのだろうと思っています。

油谷 京子（ゆたに きょうこ）32ページ
平凡な主婦が台所に立ちながら、深い記憶を、ここから見える風景を、そして未来への眼差しを、言葉にすると詩が生まれました。また、私の生きる態度はこの国の憲法に教えられた気がします。この詩集へのご縁も九条が繋いでくれました。いま、その態度と言葉を大切にジタバタと書いていきたいと思います。

ルウ　28ページ
一九七一年大分市生まれ。小学生時代から言葉に関心をもち周囲を大いに困らせた。言葉がひとの感情を動かすことを知る。谷川俊太郎の「芝生」ではじめて詩に衝撃をうけた。言葉に力があるというのは難しいが、言葉によって生きる以上、詩の言葉が生への見方をひらかせる瞬間に立ち会いたいと思う。

れいとうみかん　48ページ
中学生です。趣味：携帯をいじること、音楽を聴くこと、読書、妄想、昼寝。
性格短所：短気、しつこい、自己中心的、執念深い、変なところでネガティブ、変なところでポジティブ、気が強い、集中力がない、バカ。
長所：想像力が豊かなところ。私は長所が一つしかなく、短気ばかりですが、たまに気まぐれで一応こういう詩も書けます。

若宮　明彦（わかみや　あきひこ）76ページ
本名鈴木明彦。一九五九年生まれ。札幌市在住。詩集『掌の中の小石』、『貝殻幻想』、『海のエスキス』。現在北海道教育大学学園情報誌「Hue-Landscape」編集局長を努め、学生スタッフと誌面充実に奮闘中！　学園情報誌HP（https://www.hokkyodai.ac.jp/intro/public/gakuenjohoshi.html）

解説

鈴木比佐雄
佐相憲一

未来を切り拓く多彩な風

『SNSの詩の風41』を読んで

鈴木比佐雄

1

ソーシャルネットワーキングと言われるインターネット上のサービスを活用する四十一人の詩人たちの詩篇が一冊の詩集になった。孤独な若者が一人で詩を書き続けていて、ある時にその詩をブログやフェイスブックなどに投稿した。するとその詩を読んだ人びとが感想を寄せてきた。小さな輪が幾つもできて、詩作のコミュニティが出来てくる。ネット又は携帯・スマホの弊害も様々に指摘されているが、人と人を地域や国境を越えてつないでいくには、ネットのSNS機能は避けて通ることはできない。

コールサック社を設立した年の二〇〇六年に刊行した高炯烈詩集『長詩　リトルボーイ』の原稿や翻訳のやりとりもすべて韓国と日本とのメールであった。翌年に私が二〇〇七年八月六日に刊行した『原爆詩一八一人集』は、「天声人語」をはじめ七十紙もの新聞で取り上げられた。その英語版である『Against Nuclear Weapons A collection of Poems by 181Poets 1945－2009』も十二月に刊行した。英語版も全国紙や国内の英字新聞でも取り上げられた。英語版の序文では、私はもしこの英語版を読んで感動してくれたなら、ぜひ自分でも原爆を廃棄させていくために詩を書いてほしいとメールアドレスも書き記した。するとそれからしばらく経ってアメリカのカルフォルニアの詩人で核時代平和財団の会長のディヴィッド・クリーガーさんからメールあり何篇かの長崎原爆の被爆者に触れた詩が届いた。それが縁となり二〇一〇年八月六日に『神の涙　広島・長崎原爆国境を越えて』（日本語・英語合体版）がアメリカ人として初めての原爆詩集として刊行された。そのクリーガーさんとのやりとりは、初めは翻訳者を通してだったが、途中から直接英語でやり取りをするようになった。また二〇一二年の『脱原爆・自然エネルギー218人詩集』（日本語・英語合体版）においても海外から参加してくれた十名程の詩人ともメールでのやり取りが当たり前のように行われた。特に二〇一三年の『ベトナム独立・自由・鎮魂詩集175篇』（日本語・ベトナム語・英語 合体版）では、ベトナム文学同盟の副会長とベトナムの詩篇百五篇の翻訳の様々な編集上の実務的なやりとりを英文メールで行った。これらの詩選集はメールが存在しなければ実現は不可能であったし、そのことを考えると国境を越えて詩的精神を共有する者たちにとって、インターネットメール機能は最大の恩恵だと思われる。詩人と詩人をつなげていく端緒にこのインターネットは、大きな貢献をしている。

　その意味で今回の『ＳＮＳの詩の風41』の企画は、ネットの中から新たな風が巻き起こってくるようでとても意義深い。

2

Ⅰ章は十一人の詩篇から成り立っている。心に刻まれる新鮮な詩篇を紹介していきたい。

　ユーカラさんの詩「澄み渡る　灼熱の夜を超えて」は、「ガラスの心を持っている」という一行から始まり、その「ガラスは溶かしてしまえば／生き返る／別の形になって」と心が鍛えられていく様を語る。そして最後にけれども「ガラスの心を持っている／繊細で強靭な」としなやかな精神の強さを垣間見せてくれる。詩「触れた人差し」では危篤の祖父の眉間に触れて祖父の疲れを受け止めようとしている。

　いるかさんの詩「細い糸は」は「空から一本の細い糸に吊り下げられたピアノ」を幻視している。そして「長い髪の少女が／跳ねるようなリズムで鍵盤を叩いて」いて、その少女に恋をしてしまうイメージの世界だ。詩「鴉」では「静かな悲しみの詩」を見詰めている。

　游月昭さんの詩「ネット詩人」では、「紙に書くこともなく／有るか無いかの電子の上に／全体重をあずけた詩人」たちの試みを冷静に客観視し、ネットで詩を書くことも実はデジタル的な冷たさではなく、「血のように滴る文字」を引き延ばそうとするアナログ的な試みであることを告げている。また詩「津軽じょんがら」では「ままろ、持ってがなが」という津軽弁を入れて、じょんがら節を弾く北国の冬を描いている。

　ルウさんの詩「旅」は、「水に引かれた、田にうつる／夕日、赤い屋根の家／海をゆく／白い牛の後ろ姿、それから娘」と言った美しいイメージの展開から始まる。さらに「hollow-hollow」のむなしい音が響き、「うろぼろす　うろぼろす」と「尾を飲み込む蛇」を想起したり、航海に出て「有漏路《うろじ》」という煩悩の多い世界をさ迷っていくのだ。詩「現在地」の「いま／ここから」という最終行が詩を書くことへの希望を示している。

　油谷京子さんの「水仙」は、「二月に咲く水仙が好きなのか／水仙の咲く二月が好きなのか」という問いかけに不思議な新鮮さがある。この問い掛けが、実は問いではなくてこの時期に香り咲く水仙という存在に対する深い感動表現だからだろう。最終連の「二月にうつむくと／あたたかな涙が凍った土の上に落ちて三月を呼ぶ」では、二月の辛い経験を水仙が癒してくれて「あたたかな涙」を取り戻して初めて春が到来することを告げている。

北原亜稀人さんの詩「明日の行方不明」は、題名通りの「明日」が行方不明となり、明日を探しに行く物語詩だ。〈誰かが「明日」を隠したのだ〉という。「今日」という「日常」を繰り返しながら〈「明日」の奇跡的な生還を待つ〉のだ。すると「意識不明の重体で発見された明日」が見つかったが人びとは無関心だった。けれども〈「明日」があるからこそ〉、〈「いつか」「そのうち」終わるのだろう〉と北原さんは「明日」という時間の有限性に気付き始めるのだ。

川端真千子さんの詩「虎とラト」は、「虎は段々小さくなった／涙が溢れ流れただけ／虎はどんどん萎んでいった」というように虎が猫になる気の遠くなる時間を感じさせてくれる。そして「猫とラト」になって今も仲良く一緒に暮らしている猫と人間の親密な交流をさりげなく描いている。この詩はきっと絵本の原作にしたら、とても魅力的な絵本になる可能性がある。

糸川草一郎さんの詩「夕映え」は、夕暮れ時の感動を語っているが、いつのまにか狂おしくなり「生きものであることが／苦しいので／もののけになってみたくなる」という。夕暮れは心を素直にさせるだけでなく、本来的なものを見詰め、また自由奔放な想像力を広げたくなる、そんな柔らかい心を伝えようとしている。

れいとうみかんさんの詩「はつこい」は、とても素敵な初恋の詩だ。巻末の略歴で現役の中学生と書かれてあったので十三、十四歳なのだろう。人は他者の悲しみを知る十五歳頃に実は成人するのだと私は考えている。れいとうみかんさんも先輩を好きになることで一人の女性としての自立していく。切ない片思いを自然体の言葉で書いている。「テレやで消極的なあなた／決して男らしくないけど／わたしはそんなあなたが大スキ」という重症の恋愛感情に陥っているが、ただ恋は盲目ではなくどこかクールで先輩という他者と適度な距離をとり、何か爽やかな読後感を与えてくれる。

植田潤平さんは詩「揺れる」は、見るもの感じるものを純粋な時空間に配置して、そこで戯れ生きている存在物を記述しようとする。「黒いじゃれつく子猫」、「ふらり足元の倦怠と〈Parhesia〉（速度）」、「黒い公園」、「〈Pharos〉（光）〝光度は時として過ちをおかす〟」、

「〈Bless〉〈過去〉」などの詩句は、強烈な光と影の存在が揺らぎながら存在して過ぎていくのを愛おしんでいるように感じられる。そのように見つめているは「誰なのか誰なのか」と植田さんは問うている。

阿部一治さんの詩「イヴ（つなみの話）」では、「茶碗の中の　つなみを　今日も食べているのさ」という詩行から3・11後の世界をどのように生きたらいいのかという切実な問いが宿っていることが分かる。「そっと　つなみをだして　匂いを嗅ぎながら／泣くだけがぼくの時間」といい、つなみの経験が心身の一部になっている切実さを物語っている。

吾事《あずま》さんの詩「Fragment」は、二行九連の詩論的な詩片で、「詩はテレビ。／コマの間を想像させる擬似的な全て。」から始まる。宮沢賢治の考えた文学に四次元時空を導入しようとした試みが、テレビの中で高速でコマを送っていく時間を凝縮させる手法に近いのではないかと感ずる時がある。吾事さんは、「詩は表現」、「詩は絵画」、「詩は旋律」、「詩は反省」「詩は理性」、「詩は夢」、「詩は魂」と詩の概念を新しく更新し豊かにしていこうと志している。

3

Ⅱ章の中道侶陽さんの詩篇を読んでいると、内面に存在する「私の命」と外界の「永遠」と深い対話をしていることが分かる。それ故に詩「柔らかな鎖」では「お前に私の永遠をゆずろうと思う」とか「私を呼んでくれたお前の熱は温かかった」などの魅力的な詩行が生まれるのだ。

平井達也さんの詩篇は、生きるのがあまり上手くない「まゆちゃん」というスナックで働いている女性が主人公だ。詩「夜に引っかかる」の「夜が出っ張ったところに／まゆちゃんやぼくは引っかかってしまう／まゆちゃんは泣かないんだろうな」という詩行にこめられた限りない優しさが、平井さんの詩の最大の持ち味だ。

大村浩一さんの詩「降霊」は、霊感に促されて、霊感に見守られて自分と恋人が存在していることを告げている。「誰かが夜中にキスをした」ことと「ベトナムの木の暖簾がゆれている」ことが同時に描写されて、この世と異次元が共存することを感じている詩だ。

若宮明彦さんの各詩篇は、古代の事物の記憶から私たちの忘れていた新鮮さを取り出し、それを感ずるほろ苦さに満ちている。例えば「羽の化石」を見つめ、「通り雨にあこがれた／舗道」でずぶ濡れ、「魂に付けた勇気の羽根」を羽ばたかせ、標本室の鉱物に眺めその波動に聴き入っている。

木島章さんの詩篇には、空へ立ち昇っていくような垂直思考があり、不思議な解放感がある。ただ空と自分との間には、架け橋のようなものがあり、その存在を詩にすることで空と自分の存在感が際立ってくるのだろう。例えば「らせん階段」、船が戻るための港、凍えるような窓のような存在に心を震わせている。

原詩夏至さんの詩「サボテンダー」は、何か人生をさりげなく語っている。「男が‐去っていった／〈空白〉に／いつからか／居座った／サボテン」を大切にして暮らして女は、そのサボテンもまた逃げ出して、「〈空白〉が再び／そこにいる」ことを達観している。

亜久津歩さんの詩「し、」は、「道しなりひかる下水道がしなる、／詩ならせて打ちつけるものの死だ」というように、詩と死が重なり離れながら、対話を繰り返し、自らの「し、」の世界が死への誘惑を超えて何を生み出せるかを自問している。

洲史さんの詩「番号になって」は一人一人の子供の情報が簡単なアンケートによって数量化されて、図式化されることの虚しさを描いている。詩「発信」では「情報を求める源にあるのは／私たちの願い　望み　悲しみであることを忘れるなと」真の情報の価値を伝えている。

羽島貝さんの詩「グレーの十字架にくちづけを」には、自己の内面を突き詰めていく思索的な言葉が満ちている。「心が痛むのは／今まで吐いてきた嘘の数だけ／俗っぽい天使に／なじられているからに違いない」という思いが（白）ならば、（白と黒）の中間である嘘という「優しい罪」の効用を指摘している。

4

Ⅲ章の詩篇は音楽のリズムを意識した作詞的な言葉や、絵本や童話の原作にもなるようなメルヘン世界の言葉であり、豊かで奇想天外な発想もあり、またイラストを入れた詩篇もあり、とても興味深い詩篇群だ。佐藤未帆さん、上原健太さん、はにおかゆきこさん、青柳宇井郎さん、すずきじゅんさん、みゅうさん、望戸智恵美さん、紫堂閑奈さん、沖野真也さん、羽角彩さんたちの詩的な精神が活字化されることは意義深いことだ。

Ⅳ章の星野博さんの詩「贈り物」や「今日私がしたいこと」などには、人間への信頼を言葉にしようとする衝動が詩に宿っている。例えば「でも覚えていてほしい／あなたは必要とされていることを」とか、「誰かのために祈ること」など友愛が溢れるように語られている。

登り山泰至さんの「夏ニ生キル、午後ノ錯乱」には、ネットやゲームでよく使用される言葉があふれていて、疑似空間が生まれ破壊されているネットの熱気と危うさが示されている。詩「落丁」では「空の書物には無数の落丁があった」と美しいリアルなイメージも展開されている。

末松努さんの詩「神の居場所」や「ちぎられるちぎり」などの詩のタイトルは、現代の置かれている人間の精神性の危機を暗示している。砂漠にも乾いた都市にも「神はとどまれないのだろうか」と問い、「わたしたちの／紡ぎ合わせた糸」をどう結ぶのかを考えている。

菊池一葉さんは短詩を積み重ねて一つの一つの言葉の手触りを確認しながら、読む者に言葉の本来的な意味とは私ならこう考えるとさりげなく手渡していく。「とても弱いものを／大切に扱うように／ゆっくりと言葉を探す」詩人なのだろう。

神崎盛隆さんの詩「はじまり音」の冒頭の一連は〈はじまりの「音」／空に輝く月のひかり／白い紙を照らし〉というように、「音」にも月光を感じて、それを白い紙に写していくという。感受性が詩に転化される原点を伝えてくれている。

九十現音さんの詩の言葉は、映画やネット上の映像やそれを支えるコンピュータ言語との個人言語の格闘によって成り立っている。巨大な声に対する小さな声の詩人は、巨大なサーバーに対して一台のパソコンでドンキホーテのような戦いを繰り広げているのだ。

前塚博之さんの詩は、「幸せって何だろう／人は何の為に生きているんだろう」という哲学・宗教的な問いを抱えて格闘する心の深層に降りていく。前塚さんは自分の弱さを見つめるが、決して他者や権威に依存することなく「心まで他人の自由にさせない」と小さな一歩を始めるのだ。

セッキーさんの詩は、この街や空の下に生まれたことを賛美していて、それを彼女や他者と共有したいと願って詩作しているようだ。「目覚めてすぐの　外の景色は／焦げた朝日／焼きりんご　抹茶の木立」のような親密感のある光景を描くことが出来るのだ。

井上優さんの詩「ネット詩人へのソネット」には、このネット詩集の発想が「病院のベッドの中で君を待っている」という一行から始まったことを告げている。〈心

臓にさわれ　やわらかな手で」そして『ペンよ翼を持て！』と呼びかける井上さんの熱い思いが伝わってくる。

佐相憲一さんの詩篇には、地球への愛が根底に流れている。読んでいくといつの間にか国境を越えていく海流、太陽の光、ゴマアザラシ、アフリカゾウ、シマリス、ひまわりなどの花々、国籍を持たない鳥、昆虫などの生き物などを慈しむようになり、その悲しみにも触れてしまうのだ。

以上四十一名のネット詩人の詩篇を読みついでみて、純粋に詩を必要として詩作を続けてきた詩人たちがネット上にはたくさんいることが理解できた。紙に書こうがネットに直接書こうとするかは、本質的には変わらないと思われた。むしろ純粋に詩作を書き続けるには、ネットでの発表も重要だなと感じられた。海外の友人からも詩を直接メールされることもあり、日本の詩人たちもそのような形で世界に発信する時代がやってくるだろう。ネット詩人たちの詩が多くの読者に届き、また新しい多彩な「詩の風」となって世界中に吹いていくことを願っている。

解説　『ＳＮＳの詩の風41』

電子時代の詩の心の橋渡し

佐相　憲一

一

〈ミクシイ、ブログ、ホームページ、フェイスブック、ツイッター、メール。
ソーシャルネットワーキングサービス（ＳＮＳ）に見つけた詩の心。
インターネット一般普及から十数年、次の時代への架け橋。
10代から60代まで、新時代の詩人たちの生きた言葉。
この詩集は言霊と詩神ミューズの贈りものです。〉

帯文にこう書いた。この詩集には、日頃電子ツールを使用するさまざまな層の書き手の詩が収録されている。

「ネット詩」というと時に軽蔑され、偏見をもたれることがあるが、その実態をよく見ると、たとえばミクシイひとつとってみても、万単位の参加者数に驚きながら、埋もれそうになる中にそっと、繊細で新鮮な詩があったりする。むしろ、紙の世界の現代詩が狭いところで硬直化している感があるのとは対照的に、あら削りながら、いまを生きる人びとの心情が切実に表現されていて、共感することも多いのだ。なるほど、とても詩とは言えないただのストレス発散のような文や巷に氾濫する表現の類型的ななぞりなどもたくさんあるし、一万人のサイトの中の多数がいい詩を書いているとは言い難い。だが、私は実際の目撃者として自信をもって言うのだが、根気よく探していると、思わずじーんとしたり、そうだよなとしみじみするものや、言葉の鋭さや生き生きしたリズムにうれしくなったりするものなど、電子発表の場に無造作に混じる名詩に「もったいないな、この人の詩、ひろく読まれてほしいな」と歯がゆくなることしばしばなのである。そして、その人たちはお金のない人が多い。格差社会と精神的危機の時代を反映して、詩の才能があるのに世に発表する機会がなく、ひたすら日々、ネット上で詩をつづっている人たち。私は彼らに共感し、何とか応援できないかと感じるのである。

一方で、紙の世界の詩界は著しい高齢化や新参加停滞現象によって、新しい才能との接点を切実に求めている。すぐれたベテラン詩人が新人をみつけて励まそうとしても、電子メールも使わずインターネットなど見ない層と、学校教育段階からパソコンを使いこなせることが社会に出る必須と教えられて育った層とでは、互いにどんな善意があっても、知り合うきっかけ自体が閉ざされている。投稿欄や詩団体のつどい、地域のカルチャーセンター講座などを偶然知り得たごくごく一握りの人としか接点はないだろう。あとは人が人を呼ぶという知り合い紹介に頼らざるを得ず、たとえば七十代の詩人が二十代の書き手を積極的に見つけてきて紹介するという可能性は低いのが実情だろう。だから、よっぽどサービス精神が旺盛で詩の未来を考えている人が運営しない限り、詩界はどんどん先細り、という不安が絶えない。

こうした二つの「異次元」をつなぐ橋渡しをしたい、詩の活性化をはかりたい、という思いでこの詩集を編んだ。

この詩集には、いままで印刷物の世界で詩を発表したことがない、もっぱらさまざまなＳＮＳの場で詩を書いてきた書き手から、すでに何冊も詩集などを発表している、詩界でもよく知られた書き手まで、さまざまな詩が収録されている。歌手や声優、俳優などもいる。

彼らの共通点は、電子ツールを使用するということと、詩の印刷物も大切と認識していること、そして詩を愛すること、だ。ここに、先に述べた橋渡しの意図があり、共にネットを日常活用する時代の感覚をもつことで、一冊の統一性も出せたのではと考えている。ここには、「ネットで詩の発表なんて邪道だ」という旧態依然とした保守派もいないし、他方、「電子にしか詩の未来はない、詩集や詩誌など意味がない」という文学遺産否定派もいない。

二

年齢構成では、二十代、三十代、四十代がもっとも多い。十代の少女から六十代の男性まで参加している。

第Ⅰ章には十二人の詩が収録されている。

ユーカラさん四篇。繊細な詩が並ぶ。「澄み渡る　灼熱の夜を超えて」は、〈ガラスの心〉という一見よくある比喩が、実感を伴った独自の新鮮な展開をみせる。割れたガラスが〈高温で熱せられるという／苦しい工程を経て〉、別の形に生き返るのだ。傷ついて砕けても、生きる希望の心は苦しみの熱を経て再生するのだという願いが伝わる。「触れた人差し」は、〈おじちゃん〉にかけた優しい言葉が死を早めたのではないかというせつない思いが切実だ。

いるかさん四篇。深いところの言葉が光る。「細い糸は」の夢と現実が交錯する映像美、「鴉」に表現された感情の叫びと文字化の段差と葛藤、「刻印」のかなしみ、「キラリとひかる」の真夏の鮮烈な独自感覚。冴えた感覚が情景や思いを詩の深みでとらえ返している。抑制された抒情がひろがり、理知的な語りに切実なものが凝縮されていて、映像的かつ音感的でもある。詩の言葉に満ちた、どこかかなしくも豊かな作品世界だ。

游月昭さん六篇。自己批評と他者への眼差しに味がある。詩「ネット詩人」の電子と紙の橋渡しはこの詩集のマニフェストの一つのようにも読める。「女子高生」「津軽じょんがら」の二篇は登場人物と情景がそれぞれひとつになった名詩だ。希望にふくらむ女子高生も、風雪に耐える盲目の三味線弾きも、人間の深いところの共感を詩の言葉で淡々と鮮烈に描いている。後者の津軽弁、「蝉」の九州ことば、といった生活語の挿入も生き生きとして効果的だ。

ルウさん四篇。移動していく生の影と光を刻む詩人。「旅」「現在地」はロードムービーならぬロード詩のような展開に、滅びと再生の大きなものをとらえている。さまざまな読み方が可能で、被災地、過疎地、荒地、都市の片隅、あるいは文明と彷徨の幻想、など。現実社会と精神世界の行き来に詩想を感じる。「手」の記憶の温かみもいい。

油谷京子さん五篇。生活の中のひたむきな思いが切実だ。「水仙」「五月の庭」「草を刈る日」では草花や樹木に季節の移り変わりを見つめるだけでなく、そこに自分自身の生の声を重ね合わせることによって、読む側にも普遍的な生のうたが伝わってくる。時代の闇を伝える「Morning paper」の社会批評性も鋭く、「洗濯」する〈女たちの意地〉もたくましい。

北原亜稀人さん一篇。いまの若い人の複雑な声を生活感ある短い詩で書いてきた作者が、今回は一篇の長詩に取り組んでいる。「明日の行方不明」の考察は、欺瞞と不確かさに満ちた現代の空気を敏感にとらえて、自分自身の立ち位置からなされている。懐疑的であると同時に、皮肉まじりの中に何とか手がかりをつかんで明日へという願いも感じさせる。〈何も出来ない僕たちはいつでも何かをしようとしていて、何でも出来るどこかの誰かは結局のところ何もしてやいない〉という詩句が痛切に社会に世界に突き刺さる。

川端真千子さん六篇。やさしい物語詩の中にさりげなく大切なものを語る。「方角の魔女」は、東西南北の特長を象徴するものに託して、生きることの希望のうたを響かせている。魔女というものをプラスの意味で使う語感がいい。「死に物狂いは、生きてる感じがする。」はタイトル自体が本質的で、作者の中の激しいものを感じさせる。

糸川草一郎さん一篇。珠玉の抒情短詩抄のような「夕映え」詩篇。やさしい童話の詩のようなタッチから、徐々に人生の苦みを通過した感慨へと内省が深まっていく。語りからにじみ出てくる生の感慨がせつない。自己の内面深くから他者との共感性をそっと差し出す全体のトーンが夕映えそのものだ。変化に富む世界のひろさを思わせてくれるように、静かな語りの中に、苦しみや寂しさの向こうにあるものを見せてくれる詩だ。

れいとうみかんさん一篇。今回の詩集最年少の女子中学生の言葉にキュンとなる。「はつこい」は、作者にとっての一度きりの尊い出会いの記録であるとともに、読者にとってはそれぞれの自分自身の記憶への案内だ。男女を問わず、多かれ少なかれ甘酸っぱい記憶にしばしタイムバックするかもしれない。〈目が合う〉ことの大切さが人間の原点的なものを思い出させてくれる。

植田潤平さん四篇。揺れて流れて反射して集中する先鋭的な意識の白昼夢。謎めいた箴言のような詩句と、絶え間なく問いかける思考の宇宙。内側にざわめきひろがる独特のものが精神の格闘と希求を示している。

〈ならば吠えるしかないのかもしれない。中心へとむかって〉というラストの詩句が痛烈だ。

阿部一治さん連作四篇。「イヴ」シリーズの精神性が状況の中で痛い。失われるもの、迷うもの、流されるもの、決めるもの。不確かなものが記されることで、かえって大切なものが見えてくるだろう。前夜が意味するものはまだわからない。その永続的とも感じられる一時性に、前途への想像が読む側に生まれる。

吾事さん四篇。若い感性は悲哀でさえひたむきでまぶしい。「心残り」には死の側へ行った精神の旅がつづられているし、「盲目の人」では自他の幸福に対する心の彷徨が激烈な感覚比喩で書かれている。ふと見せる「絆」の真情と不安。冒頭「Fragment」はこの新鋭詩人のマニフェストと言えよう。いくつかの角度から比喩される作者にとっての詩が初々しいが、ラストの〈そう、この頁は私という物語の一片〉が特に新鮮だ。

三

第Ⅱ章には九人の詩が収録されている。この章には、すでに詩誌「コールサック」などに詩を発表してきた詩人たち、しかも冒頭の中道さん以外は詩集刊行歴のある詩人たちを掲載した。第Ⅰ章に掲載した新鮮な詩の詩人たちのほとんどはミクシイやブログなどで光る新鋭だ。そこから中道さんを橋渡し役として、今度は電子のみならず印刷物の詩の世界でも活躍してきた詩人たちへとつないでいこう。

中道侶陽さん八篇。いつも詩誌では願いに満ちた抒情詩が光る詩人だが、この詩集ではストイックな趣の短詩を中心に、また違った味を見せている。「揺り籠」や「舞台」の情景は幻想的だ。

平井達也さん五篇。好評の「まゆちゃんシリーズ」だ。詩集『東京暮らし』は現代の働く世代の日常生活の臨場感が光る詩集だったが、その中に「見えない」「夜に引っかかる」の二篇も収録されていた。恋人にはなれないような、ちょっと保護者のような微妙な関係の女の子への思いがいい感じだったが、その後の続篇が「吸い殻」「ネイル」「化学式」の三篇である。まゆちゃんの学生時代から今日の苦労までがつづられて、生き生きとした中に、時代社会の片隅に生きる苦労と夢があって、ほろ苦く温かくせつない名詩群となっている。

大村浩一さん五篇。独自の表現力がすぐれた詩人であるが、身近なところに見つめる普遍や、戦争、三・一一など歴史を内面に通過させた詩世界はますます切実な光を放っている。前者の特長は「Age 5」「FLOWS」などによく出ているし、後者は「興津の庭」「FLOWS」「降霊」などに顕著だ。シンプルな中にひろがる奥深さもあれば、複雑な展開の深さもある。また違った手法として、「ジンジャー・フレイバー」のユーモアと皮肉のきいた語りはドキリとさせる。

若宮明彦さん四篇。「北海道新聞」の投稿詩欄の選者もしてきた詩人・評論家。鉱物や海など地球自然から人間と歴史世界をとらえる詩世界など現代詩のすぐれた書き手である。今回のこの詩集にも、青春の心につながる生きた詩群を寄せてくれた。「羽根」の歳月回想は個人的でありながら多分に普遍的な内省を響かせており、作者独自の比喩が光る。「Brave —勇気の羽根—」のポジティブ・メッセージにも地球自然の独自の比喩があり、現代詩がしかめっ面だけではないことがうれしい。

木島章さん四篇。昨年の詩集『点描画』の味わいが好評だった詩人。彼はフェイスブックで時事的な問題にも勇気ある発言をしている。「らせん階段」の比喩にはいまの閉塞した社会状況が重なる。「三月の空」で描かれている三・一一をめぐる様相は、深いところの人間の共感力を文学的な形で見せてくれる。時事的に事実だけを書くのではなく、かといって主観的な感情吐露だけを書くのではなく、詩人の内部を通過させたかなしみと願いの総体が、事実の中の本質をとらえた形で読み手の心に迫ってくるのだ。

原詩夏至さん三篇。詩集、句集、歌集、とそれぞれの魅力を放つ著書を刊行し、待望の小説集も近く出る鬼才だ。今回の詩集にも、バーチャルな展開に男女関係の苦みが浮かびあがる「サボテンダー」、落書きする子の想像力と世界感受に時代の空気をしのばせて価値転換を含ませる「変な子」、一転して絵画的な情景に詩情がひろがる「遠景」、と繊細な三篇を寄せてくれた。

亜久津歩さん八篇。詩集『いのちづなーうちなる〝自死者〟と生きる』で「萩原朔太郎記念とをるもう賞」を受賞している。今回の詩群には暗闇のぎりぎりのところを感じる。濃厚な終末の意識のただ中から始まるもの。否定の中の小さな肯定。傷に満ちた現代の空気が個の精神から伝わってくる。

洲史さん四篇。小学校事務職員の現場の詩などを書いてきた詩人。すべてデータ化され管理されるこどもたちと教師が不安な「番号になって」、ちょっとした言葉の中の差別意識を問う「パソコンの画面」、ミクシイで中島みゆきファンのカラオケのつどいを計画する展開が面白い「みゆきカラオケ」、現代生活における情報そのものを考察する「発信」、と良い意味での大衆性が生き生きとした詩群だ。

羽島貝さん六篇。この春に詩集『鉛の心臓』を刊行した話題の新鋭詩人。強烈な内部衝動に突き動かされた詩句は意外にも柔らかい。現実危機感もシュールなイメージも内省も、すべてに作者の心臓の音を感じるからだろう。

四

第Ⅲ章には十人の詩が収録されている。今回、井上優さんの紹介で、ネット放送「しながわてれび放送」さんのご協力を得た。さらには、しながわてれび放送さんの紹介で、芸能プロダクション「J2FACTORY　オフィスヤマジャム」さんの協力を得た。この章はそこで知り合った人々の作品特集だ。SNSを通じた交流のひろがりがうれしい。歌手、俳優、声優、演出家、脚本家、といった人々の詩は一般社会の読者に通路がひろく、今回の現代詩との共演が、言葉を通じた互いの良き刺激になれば幸いである。各氏自身によるイラストも入れた。なお、しながわてれび放送においてこの九月二十六日夕方に、この詩集の出版記念朗読放送を生放送していただくことになった。後からも視聴できるので、「しながわてれび放送」で検索していただきたい。また、オフィスヤマジャムさんからは、イラストレーターのおののいもさんの紹介をいただき、今回の表紙カバー・デザインを担当していただいた。詩で参加の五名の声優さんとあわせて、彼女らのイベントなどでのこの詩集の普及にもご協力をいただけるそうだ。深く感謝したい。

佐藤未帆さん五篇。歌手であるから、ＣＤになった歌の詩も入っている。愛、励まし、童心。暗い世の中に佐藤さんの前向きなうたが響く。

上原健太さん三篇。舞台俳優・声優である上原さんの言葉は客席の心によく届く。ほのぼのとした父と母へのメッセージにほろりとくる。

はにおかゆきこさん五篇。声優・ナレーターとしてネットラジオで朗読するだけあって、はにおかさんの言葉はアニメ主題歌のように生への励ましに満ちている。

青柳宇井郎さん六篇。演出、脚本など文筆業に忙しい青柳さんの言葉には、広大な視野と純情がある。苦い認識の中の優しい心の光に癒やされる。

すずきじゅんさん一篇。しながわてれび放送の仕掛け人であり、俳優でもあるすずきさんが書いた物語。リスと芋虫と人間の子の友情が雪国の生活感の中に光る。共感しながらこの後どうなるのだろうと思ったら、末尾に予告編がついていた。少年の旅の続きを読みたいものだ。

みゅうさん四篇。ライブアイドルとして秋葉原などで歌うみゅうさんの恋のうた、そして保護され保護する関係性のうた。かなしみを経た愛が切実だ。

声優朗読ユニット「ことぎゅう」さん。活躍中の四名の若い女性による心のうたが続く。望戸智恵美さん七篇、紫堂閑奈さん六篇。沖野真也さん八篇。羽角彩さん五篇。厳しい芸能界で苦労しながら、聴衆に夢を与えてくれる声優さんの、個人としての内面にファンも親しみを感じてくれるだろう。

五

第Ⅳ章には八人の詩が収録されている。第Ⅰ章や第Ⅱ章と共通の書き手たちだ。鋭く独特の詩句を見せる詩人もいれば、普遍的な抒情の詩人もいて、さらには

第Ⅲ章と共通の歌の詩もある。いわば、ここまでのこの詩集のさまざまな傾向と分野がいま一度ここで、違う書き手たちによって共演されているというわけだ。そうして詩集は終盤へ向かう。

星野博さん五篇。テレビや映画のエキストラをやってきた人が生死の闇から帰還して詩への愛好が強まった。今回の詩群にはそのような人でこその切実さが感じられる。「歩数計」には一歩一歩に刻まれた人生のさまざまな場面をかみしめる心が表現され、「見えない線」には争いの絶えない世界を人間の原点から考察しているが、共に普遍的な共感を呼ぶだろう。

登り山泰至さん六篇。身近なところに大切なものを発見する深い内省の詩などを詩誌に書く詩人。その持ち味が発揮された「落丁」「咳」は短詩の中に凝縮された発見が光る。同時にこの詩集では違った顔も見せている。「夏ニ生キル、午後ノ錯乱」「シンデレラの蟇蛙」「美しく着飾る」「硝子の小箱」の四篇にはドロドロとしたものが充満していて、醜さというものを見つめた中に逆転の発想も含ませている。

末松努さん六篇。ツイッター連詩などにも取り組む詩人。今回の詩群には、ものごとの表と裏、表裏一体の複雑な苦みがよく出ている。有限性の自覚を刻印しながら、それでも願う人の心が伝わってくる。「蝶の舞い」の〈何があっても／見失わぬと誓〉う視点は強固だ。

菊地一葉さん十三篇。シンプルな言葉がさわやかな若い感性。ツイッターで書いているだけに、短い言葉に願いを乗せる作風だ。〈ありがとうって言いたいから／何があっても生きていけるんだよ〉という「理由」は人の関係性の大切さをさりげなく言い当てている。

神崎盛隆さん五篇。心の中の人物が語る想いのドラマ。「赤いしずく」は独特の文字配置を効果的に使って、〈わたしのココロから〉落ちる〈赤いしずく〉を記している。内面の傷の音を視覚的にも表現している。

九十現音さん四篇。ポエトリー・リーディングにも力を入れる。スピード感のある直感つづりのような言葉には混迷する現代の匂いが充満しており、嫌悪感さえも刺激的だ。

前塚博之さん四篇。二十歳時と二十四歳時の思いを引っ張り出してきて交互に記す。自分自身の幸福を模索し苦悩する中に、湾岸戦争が時代の影を落としている。年月日があるので、読者はそれぞれにその頃を思い出すだろう。いまの閉塞状況の始まりのような時代だった。青年だった作者はいまも詩を書いている。

セッキーさん四篇。違う名前で歌手をしている人だ。今回は若い頃につくったうたを当時のペンネームで記している。リズミカルなフレーズの中に顔を出す批評性がいい。

六

第Ⅴ章には二人の詩が収録されている。編者である。

井上優さん六篇。好評の詩集『厚い手のひら』からの五篇と新作「詩作」で構成されている。「ネット詩人へのソネット」は今回の詩集『SNSの詩の風41』のマニフェストのような作品だ。パソコンに向かう個と個が世界の奥でつながるからこそ、〈深い海〉と〈祈りの森〉が生まれるのだろう。〈鼓動は灯火となれ〉の言葉が生きている。そして最後に並べた作品「詩」における詩の定義がいい。〈高い高い樹なんだ／美しい樹なんだ／空の小鳥をやすらわせる／／そして今も　心臓から／樹液を流し続けている〉。その小鳥に呼応するように作品「詩作」では、恋愛の場面に象徴される胸の鼓動を小鳥になぞらえて詩の原点と表現している。「明日が始まるとき」には格差社会の空気が切実に表現されているし、「蜜」には〈人を愛する　魂の臓器〉を記している。このような新鮮な詩を書く詩人と今回この本の企画を共にできたことがうれしい。

佐相憲一三篇。七冊の詩集のうちの三冊から三篇選んだ。読んでいただけたらありがたい。

七

四十一名の詩、いかがだっただろうか。

狭い意味でネット詩と呼ばれていた時代からさらにすすんで、インターネット使用があたり前になった中でのＳＮＳの広大な場に集う詩の個性は多彩だ。この解説を書きながら、自分が編集したこれらすてきな人たちの詩をあらためて読んでみて、私の確信は強まった。

いわゆる詩界のさまざまに染まっていない書き手の発想の新鮮さと自由な表現の魅力、内容の切実さに、詩界は学ぶ必要があるだろう。

逆に、もっぱらネットで詩を交流している人びとや歌詞だけしか詩に触れる機会がなかった人びとにとっては、印刷物による現代の詩の世界に触れる機会をもつことによって得るものも少なくないだろう。

同じ現代という時代社会に生きる者同士、いよいよ壁をこえて、日本の詩の広大な海を共に見つめていきたいものだ。そこからきっと、新しい時代の文芸が見えてくるだろう。

ここらへんで筆を置きたい。いや、キーボード打ちを終えたい。

この詩集が、電子時代の詩の心の橋渡しになれば幸いだ。

あいさつ

秋田宗好
おののいも

頭の中はオフィスヤマジャム

オフィスヤマジャム代表　秋田　宗好

何を書けばいいのだろう。

編集の佐相さんに『秋田さんもあいさつ文を書いてくださいよ』と言われました。

あの穏やかな声で言われると、断りにくい。

今回参加させていただいた、「みゅう」と声優朗読ユニット「こときゅう」が所属しています、当社「オフィスヤマジャム」には、約三十人のタレントが在籍しています。

芸人、役者、歌手、声優やライブアイドルにイラストレーター。ジャンルは多種多様。

タレントとしての育て方も一筋縄ではいかず、いつも頭を悩ませます。

ただ、当社のモットーは

「実践躬行」

自分から率先して行動すること。

これだけは全員に言えること。

新人でも若手でも、すぐに活躍出来る場を提供し、場に慣れさせていく事で、その力を身につけています。

今回の詩集のお話しをいただいた時に、作詞をしている「みゅう」、自分の詩をネットに書いている「ことぎゅう」のメンバーにとっては、またとないチャンスだと思いました。自分達の詩が本となって、形に残るわけですから。彼女達にとって、いい経験になったとのではないかと思います。

佐相さん、井上さん、スタッフの方々、今回は素晴らしい機会をくださり、ありがとうございました。事務所代表として心から感謝致します。

※この文章は事務所紹介がメインで、詩集の事にぜんぜん触れていない事をお詫び申し上げます。

ごあいさつ

おののいも

皆さん、こんにちは。今回、カバーデザインを担当しましたおののいもと申します。

突然ですが、皆さんは詩、ポエムを書いたことはありますか。私はあります。

詩って不思議ですよね。自分の心の声を少ない言葉で紡いでいく。

人に見られると恥ずかしいけれど、見てほしい。聞いてほしい。届いてほしい。

そんな矛盾した気持ちの中で生まれるのが“詩”なのではないかと、私は思います。

私も時々、いや、ごく稀にtwitterでつぶやきます。

面と向っては言えないことも言えますからね（笑）

ええ。正直恥ずかしいですよ。でも、つぶやいちゃうんですよね。

それがリツイートされた日には、嬉しさと恥ずかしさと色んな感情がごちゃ混ぜになります。

SNSという顔が見えない媒体で、どんな人がこの詩を書いたのか。どんな交友関係で、どんな人生を送ってきたのか。

詩を通して、その人自身を想像するのも面白そうです。

ネット社会の善し悪しは置いといて、ネット社会だからこそ、ここに集まった詩たちを、生まれた詩たちを、皆さんと一緒に楽しみたいです。

今回、カバーという本の顔とも言える重大なお仕事を頂いて、大変光栄に思います。

カバーの善し悪しは置いといて（笑）、じっくり拝読させて頂きます。

座右の銘は
「いい加減。」
適当に、ちょうどいい感じが
人生うまいこといくという経験談。
おののいも

あとがき

佐相　憲一

というわけで、詩集『ＳＮＳの詩の風41』の船出である。

世界が瞬時につながる人類の最新ツールの一つであるインターネット上でも、世界最古の文学ジャンルである詩歌が交わされていること、そこに感銘を受ける。

時代は確実に動いていて、ネット詩のある種の過去のイメージも変わり、広大な層の心に向けて発信される詩作品は、この国の詩界が忘れかけている新鮮で繊細な光を放っている。

ここにこれからの詩の世界の希望があるとすれば、この本が果たす役割は決して小さくないだろう。

いまも全国各地の一人の部屋で、どこかの誰かの詩が発信されて、どこかの誰かの胸に響いている。

詩は感動のもっとも強い独自の形をとって、時空を超えて共感を呼ぶから、それらの光をすくいだして、よりひろく人びとの眼にふれる機会を提供することは編集者の大事な役目だろう。そんな気持ちで編集した。

編者として企画の初期段階から苦労を共にしてくださった井上優さんに感謝申し上げる。

収録詩人たちには感謝と祝福をおくりたい。いい作品を書いてくれたことに、それらを紙の印刷物たる本詩集に刻印してくれたことに、そして共にこの詩集をひろく世に出せたことに。

この本を読んでくださった方々に、詩の心で深い感謝を伝えたい。ＳＮＳの詩の風、というテーマへの関心もありがたいが、本書を通じて、詩というものにあらためて新鮮な興味をもっていただけたなら、さらにうれしい。

世の中は殺伐としているが、人の心の奥深いところの声である詩が、傷ついている人を癒やし、自信を失っている人を励まし、人を元気にし、自分自身の心を見失っている人に発見をもたらし、共感に飢えた人に他者との心の対話のルートをつくり、「ああ、詩っていいなあ」という感動をもたらすならば、この困難で不安な時代を生きぬく力を内側にもつ手助けともなるだろう。

この詩集が、人びとの心の深いところで、光やしずくとなることを願っている。

石炭袋

『SNSの詩の風41』

2014年9月15日　初版発行
編　集　井上優・佐相憲一
発行者　鈴木比佐雄
発行所　株式会社 コールサック社
〒173-0004　東京都板橋区板橋2-63-4-509
コールサック 企画・編集室209
電話 03-5944-3258　FAX 03-5944-3238
suzuki@coal-sack.com　http://www.coal-sack.com
郵便振替　00180-4-741802
印刷管理　(株) コールサック社　製作部

＊カバーデザイン　おののいも　＊装幀　杉山静香

落丁本・乱丁本はお取り替えいたします。
ISBN978-4-86435-169-0　C1092　¥1500E